亦舒精選集

花解語

香港的經典——亦舒

數十年以來，亦舒為讀者寫下了三百多個都市故事，創造了經典的都市女性，蔣南孫、喜寶、黃玫瑰等，不一而足。

二〇二三年，我們隆重推出「亦舒精選集」，初步計劃是三年內出版三十種。

從亦舒三百多部作品中精挑三十種，並不是一件輕鬆的事，根據讀者反映及作者意見，將分為經典之作、作者自選及影視作品。

亦舒出道近六十年，和天地圖書的合作也有四十多年，過往眾多舊作已缺貨，現重新編輯設計，出版精選集，既方便讀者收藏，也希望吸引新讀者關注這位成名數十載的香港作家。

亦舒筆下所寫的，多是獨立女性的故事。

我們期望一代又一代的讀者，能夠在亦舒筆下的世界裏，找到自己熟悉的背影，成為一個思想獨立的人。

天地圖書有限公司　編輯部

二〇二三年四月十一日

天地
www.cosmosbooks.com.hk

書　　名　亦舒精選集——花解語
作　　者　亦　舒
責任編輯　吳惠芬
美術編輯　郭志民
出　　版　天地圖書有限公司
香港黃竹坑道46號新興工業大廈11樓（總寫字樓）
電話：2528 3671　傳真：2865 2609
香港灣仔莊士敦道30號地庫（門市部）
電話：2865 0708　傳真：2861 1541
印　　刷　亨泰印刷有限公司
柴灣利眾街德景工業大廈十字樓
電話：2896 3687　傳真：2558 1902
發　　行　聯合新零售（香港）有限公司
香港新界荃灣德士古道220-248號荃灣工業中心16樓
電話：2150 2100　傳真：2407 3062
出版日期　2024年2月／初版・香港

ISBN：978-988-201-375-9

放了學，解語如常步行返家。

約十五分鐘的路程總有男生在身後跟着。

其實他們這樣做也犯了險着，一向校方報告，起碼記一個小過，身上穿着校服，一看便知道哪家學校。

解語去年已經打過一次小報告，故此今年他們已經不敢貼那麼近跟。

那男生在身後輕聲問：「你就是花解語？」

解語裝作聽不見。

鄰校雖是本市有名男子中學，奈何學生學識出眾，樣貌卻普通，一個個瘦瘦小小，戴深近視眼鏡，臉上且長疱疱，可是十分喜歡到馬路這一邊來等女生放學。

解語一直向前走。

「你姐姐是電影明星花不語嗎，可否給我一張簽名照片？」

解語猛地站住，轉過頭去，發覺那男生只得十二三歲大，剛升上中學，聲音才轉，像隻小公雞。

她既好氣又好笑：「放了學還不回家去，那麼浪費時間，可見不是好學生。」

男孩被她斥責，漲紅臉，訕訕地不知所措。

解語趕他：「走走走。」

男孩子轉身就跑。

解語鬆口氣。

到了家，按鈴，外婆來替她開門。

她們一家三口住在幢舊式公寓大廈裏，露台本來可以看得到海景，可是近十年八載，新房子如屏風似在前面蓋起來，一座高似一座，終於只有在睡房才可看到一線蔚藍色海水。

外婆天天咕噥，可是又沒有能力遷居，老房子屋價已全部付清，地方寬敞，住得舒服，還是姐姐最紅的時候買下，也是她名下唯一值錢的資產。

外婆看到解語，立刻說：「去看看你姐姐。」

解語見外婆臉色慎重，立刻問：「什麼事？」

「姐姐在臥室。」

解語推開睡房門，只見窗簾拉得緊密，光線幽暗。

「姐，你怎麼了？」

不語躺在床上，呻吟一聲。

解語十分擔心，輕輕拉開窗簾，看到床上姐姐的臉，好似頭頂上被潑上一桶冷水，渾身寒毛豎起。

她撲在姐姐身上，「報警，立刻報警！」

只見不語雙目青腫瘀黑、嘴唇像豬般聳起，最恐怖的是眼角唇角均在滴血水。

解語嚇得慘叫：「誰、誰下的毒手，把你打成這個模樣？」

她急得團團轉，接着哭出聲來。

「噓，噓。」

不語伸出手來亂搖，叫她鎮定。

外婆這時也進來了，看見如此情形，既好氣又好笑，「這不是叫人打的。」

解語聽了這話，抹乾眼淚，「是車禍意外？」

外婆沒好氣，「不是，這叫做自作孽，不可活。」

解語滿心疑竇，「姐姐，這究竟是怎麼一回事？」

不語含糊不清地答：「我去整形了。」

解語霍一聲站起來，「你什麼？」

外婆搖頭歎氣。

解語聲音尖刻起來，「你還需整形？你是世人公認的美人，再貪得無厭，當心毀了容。」

外婆冷笑，「解語說得好。」

解語這時才輕輕問：「你做了哪裏？」

「眼睛鼻子統統有份。」

解語低頭視察，「雙眼那麼美，還修什麼？」

不語歎口氣，「雙眼皮不深了，修一修精神一點，不然化妝小姐老問：花小姐，昨夜沒睡好？」

「這一陣子不是流行單眼皮嗎。」

「廿一歲看上去蠻嬌俏，一到三十歲，單眼皮不知多陰險。」

解語被姐姐引得嗤一聲笑出來。

「一星期後褪了青消了腫我就煥然一新了。」

解語看一看姐姐，「此刻像七孔流血。」

「喂！」不語大聲抗議。

外婆咕噥：「剛才回來，真被她嚇死。」

這時，解語忽然小小聲問：「有無隆胸？」

不語大聲呸：「我還需要隆胸？」

那天，解語在日記上這樣寫：姐姐居然還嫌自己不夠漂亮，女性對外形完美追求之不遺餘力，不可思議。

書桌上放着不語的近照，堪稱花容月貌：大眼睛、高鼻樑、小腫嘴、皮膚白皙，故從來不曬太陽，身段之好，亦數一數二。

就是因為長得太好，被寵壞了，不肯下苦功學習演技，老是做花瓶角，摽梅一過，戲份接着下降。

這一兩年，整個行業吹淡風，不語自信心也接着低落。

外婆與解語均由她養活。

不語一直希望妹妹好好讀書，但解語並非高材生，除英文外，其他科目一律平平，她不肯痛下苦功背功課，覺得沒意思。

「有幾個同學讀得背脊佝僂，千度近視，為什麼呢，社會知名人士從來不是這些人，及格也就算了。」

她給自己設下標準。

因父母已經不在，故此無人勉強她去考第一，這常常被解語認為是不幸中唯一之僥幸。

父母在一次汽車失事中身亡，那一年，解語才十七個月大，毫無記憶，一片空白。

由外婆把她們姐妹倆帶大。

姐姐是電影明星。

當然比她漂亮得多。

剩餘物資一大堆，還不停給她買新貨，物質方面，姐姐從來不虧待妹妹。

傍晚，她精神略好，出來找妹妹。

「解語，解語。」

解語連忙說：「你給我好好回房去躺着，別四處走動嚇人。」

「我悶。」

「給你開個記者招待會可好？叫人人來拍照訪問。」

「喂。」

「去休息嘛。」

「老方回來，你可別同他說。」

解語嗤一聲笑，「我不相信他會看不出來。」

「噯，那是另外一件事，可是你我不說個明白，他始終只是疑惑。」

解語凝視姐姐，「好，我不說。」

真天真，五官都動過刀，說不定前後判若二人，還想有所隱瞞。

不語忽然說：「老方這次外出，足足超過一個月。」

「移民報到買房子置傢具安排孩子上學，的確需要時間。」

「什麼孩子，都進了大學，比你還大。」

「這倒是真的，聽他說要離婚，也已經有十年八載。」

不語不惱反笑，「他這個婚大概是不會離的了。」

「你還那麼想結婚嗎？」

「同他？幹嗎還要結婚，在他身上，有什麼是我還沒有得到的呢，不扔掉他已經仁至義盡。」

不語有時也會大言不慚，這樣很好，大家精神都振作一些。

「來來來，陪我玩獸棋。」

解語攤開棋盤。

不語輕輕說：「方玉堂不是壞人。」

解語給姐姐接上去：「不過，也不是好人。」

「這話也對，好人怎會三妻四妾。」

解語皺上眉頭，「別說得那麼難聽，你只不過是他的女朋友。」

不語轉動着腕上價值不菲的鑲鑽金錶，「是，男朋友。」

都會中每個名女人背後都有一個這樣的男朋友，不然，也太沒有辦法了。

「這些年來，我也不是沒人追的呢。」

「簡直門檻都踏穿了在這裏。」

不語懷疑，「有那麼多嗎？」

「有，《妖女故事》上演之際，電話插頭得拔掉，鮮花堆到電梯口，記得嗎？」

「好景不常。」

「不，現在的男人比較理智了，可是據市場調查所得，花不語仍是一般男士心目中夢中情人。」

不語看着妹妹，「奇怪，你的一張嘴為何那麼會說話？都不似我們家的遺傳。」

「你的象統統叫我的老鼠吃掉，你已無棋。」

「我輸了？」

「還有下一盤呢。」

「解語，你替我打個電話給老方。」

「這不大好吧，我們從來不主動找他。」

真的，解語心緒一向最清。

即使來往已經超過十年，可是女與男之間，最講究這種矜持。

不語拿起一隻棋子，沉吟半晌，躊躇不已。

「待你臉上的瘀腫褪後再說吧，現在把他叫回來也無用。」

「可是總得有點表示，叫他曉得，是希望他回來的。」

解語不出聲。

難度這樣高，煞費心思，可見不語吃這口飯亦不易。

不語說：「他從來沒有離開過那麼久。」

「那麼，讓我來問他一聲好。」

「說些什麼？」

「你那邊天氣好嗎，還適應時差否，新居是否理想——」

不語冷笑着接上去：「——夫妻可恩愛呢，孩子一定聽話吧，算了，這種事我不會做。」

「那麼，隨他去好了。」

「真是，反正是一塊雞肋。」

不語丟下棋子，回房去休息。

解語收拾好棋盤，看外婆燉燕窩給姐姐進補。

解語同外婆說：「這玩意兒其實並不比一隻雞蛋更營養。」

「不會吧，都說至滋陰補顏。」

「依外婆這麼說，富貴人家的婦女統統長生不老了。」

「到底經老些。」

「那是因為不用為生活操心。」

外婆側着頭想一想，「這倒是真的，」接着欷歔起來，「這麼些年來，也真難為不語。」

解語別轉了頭。

「不過你別擔心，我們還薄有節蓄，以後生活不成問題，總能供你大學畢業，再加一份嫁妝送你到夫家。」
「我並不迫切地想升學，我覺得在學堂裏學來的東西統統無用。」
「這話好似偏激了一點。」
解語不出聲，去寢室看姐姐，見她睡着了，回到臥室，看看時間，欲撥電話到溫哥華找方玉堂。
方氏待她不薄，到底是如花似玉的小姨子，見了她總是笑容滿面。
她稱他為方先生，自六七歲時就見他在家裏出入，那時不語才十多歲，同她現在差不多年紀。
比打電話給自己男朋友還要難。
可是食君之祿，忠君之事，這個君是她姐姐，她不得不出點力。
解語的額角冒出汗珠來。
電話接通，有剎那靜默，她幾乎想放下聽筒逃走。
一把男人聲音來應電話：「喂，喂」，說的仍是中文。
「方先生？」解語的聲音比她自己預期的愉快嬌俏。

方玉堂訝異了，「是解語？」

他居然立刻認得她聲音。

這添增了解語的信心。

「大家都惦念着你。」

方玉堂笑，「下月初我也該回來了。」

「一切順利嗎？」

「託賴，孩子們已進大學。」

解語聽見那邊有女聲問：「是誰呀？」

方玉堂揚聲，「一個朋友。」

解語說：「有空給我們電話。」

方玉堂卻道：「這邊真是另外一個世界，山明水秀，風和日麗，我一向在都會居住，從來未試過與大自然如此接近，真覺心曠神怡。」

解語笑道：「回來再說吧。」

「好，多謝你的問候。」

解語隱隱覺得不妥。

他沒有提到不語。

雖然身邊有人，但那也難不到他，他可以問：姐姐好嗎，或是說，稍後我立刻打來。

解語納罕。

是這樣的吧：喜歡的時候，一天十通電話，上下午親身上門來，當中還叫人送花送果，把人哄得團團轉。

可是一旦冷下來，三言兩語就把人打發掉。

若還不識相，知難而退，則把電話接到秘書處，說在開會，永不覆電。

聽得多了，也見得多了。

解語拾起床頭一本日本翻譯漫畫看了起來。

不到數頁又放下手。

太沒心肝了，姐姐可能遇到事業危機，靠她生活的妹妹還津津有味看漫畫，成何體統。

可是她幫不了她。

解語忽然覺得煩躁，她對外婆說：「我替姐姐去買點心。」

「快吃飯了，你又走到哪裏去。」

解語已經出了門。

涼風一吹，心頭略為清爽，解語一直步行到山腳小麵包店，她買了新鮮車輪麵包。

然後安步當車散步回家。

一進門，見外婆笑容滿面。

而姐姐也已醒來，還在哼歌。

外婆輕輕說：「方先生有電話來。」

解語心中一塊大石落地。

「問燕窩吃完沒有，明日命伙計送來。」

解語不動聲色，嗯地一聲。

「同我解釋，孩子的事，他總放不下。」

解語頷首。

外婆感喟：「誰也沒叫他丟下孩子不理，骨肉怎麼捨得，你說是不是。」

她們一家三個女人，竟為一個那樣平庸的小生意人一通電話而雀躍。

真不知是誰欠了誰。

說穿了也無甚稀奇，她們的生活靠他，自然得仰他鼻息，不外是老闆與伙計的關係。

解語走到露台，站在無人看見的角落，深深太息一聲。

往下看，山腳華燈初上，萬家燈火。

到底搬上來了。

解語記得小時候住在極之窘逼的舊房子裏，總面積還不如現在一間臥室大。

無浴缸，無熱水。

電梯裏永遠有一股霉爛騷臭之味，出來是一條走廊，兩邊都是人家，十多戶，氣息相聞，門口還供着香燭。

是方玉堂幫她們搬離該處的。

解語記得比她大十多歲的不語緊緊摟着方氏笑了又笑、雀躍不已。

然後，又再搬到目前這個住所。

方氏再建議住好一點的時候，外婆說：「不如另買一幢公寓收租。」

已經夠好了。

知足常樂。

不語在鏡前凝視面孔。

解語揶揄，「別嚇破魔鏡。」

不語笑吟吟地轉過頭來，「你這丫頭最調皮。」

解語說：「姐，不如介紹我入行。」

不語忽然變色，斬釘截鐵地說：「不行。」

「你想想我有什麼好做，或是，所有的女孩子有什麼好做。」

「無論做什麼，或是什麼都不做，均不准重蹈覆轍，一個家裏一個人出賣色相已經足夠。」

說到這裏，聲音已經十分淒厲。

解語連忙噤聲。

不語取過一本娛樂周刊，打開，指着裏邊的彩頁説：「你來看看，一版之中，起碼十多廿個女子挺胸凸肚，醜態畢露，善價待沽，你還不知警惕？」

解語一看，不語手指着的照片，恰恰是她自己。

可是她不敢出聲。

「你給我好好讀書！」

解語無奈。

不語還補上一句，「不聽老人言，吃虧在眼前。」

解語笑了。

不語歎口氣。

解語細細看她的臉，「聽説唯一比整形手術更精密的只有腦科手術，可是，真的不留疤痕嗎？」

「保證光滑。」

解語嘖嘖稱奇。

「相信我，演藝圈裏沒有幾張原裝臉。」

解語微笑。

「全早已撕破了臉，不得不重造一副。」

解語惋惜地說：「聽說，導演不喜歡你，就是因為你幽默感太豐富。」

「胡說，我在工作人員面前一向少說話多辦事。」

解語不出聲。

「還有，我在老方跟前亦從不發表意見。」

只除出表示戒指上寶石還不夠大之類。

雖然是自由社會，出來找生活也宜自我約束。

禁忌甚多，什麼該做，什麼不該做，當事人心中有數。

不語忽然低頭，「而且，我懂得什麼，有何可說。」

解語把手放在姐姐肩膀上，有時，她比她還小。

不語摸一摸臉頰，「我不過是一個靠面孔吃飯的人。」

記者打電話要求訪問，解語只是說姐姐外出旅行。

——「去何處？」

「巴黎觀光。」

「住什麼酒店，我們可撥電到該處與她談幾句。」

今日的記者已不同昔日，舊時無論哪個明星說聲到外國讀書，記者立刻肅然起敬有聞必錄，今日才沒有那樣容易應付。

「住在朋友家，不想做訪問，回來一定找你們，請多多包涵。」

記者起了疑心，「你的聲音同她好像。」

「我是她小妹。」

「你叫什麼名字？」

「我的名字不重要。」

「好，花小妹，令姐回來，請她同我們聯絡。」

「一定一定。」

「你很會應對。」

「謝謝謝謝。」

外婆見解語如此辛苦，不禁笑道：「記者似天皇老子。」

解語說：「說不定這上下就在門口等。」

不語微笑，「還輪不到我，我還不至於那樣紅。」

「第一批倒下來，就輪到你上陣了。」

不語淡淡答：「我已退到第三第四線了。」

也不能說是不願在銀幕上表演赤裸胴體的緣故，不過，如果膽子與作風，不拘小節一點，到底又還好些。

可是不語十分拘謹，時時被譏為思想殘舊。

是方玉堂不允許嗎，他從來沒有那樣表示，是不語過不了自己那一關。

她曾這樣說：「那好比飲鴆止渴，脫完之後，黔驢技窮，往後，難道還剝皮不成，萬萬不可。」

現在，是二三線女演員，總比脫衣的二三線女演員高尚些。

賣藝到底不同賣身。

解語蹲在姐姐面前，「那是你不屑同他們爭。」

不語呼出一口氣，「解語，不如我們也移民，我找門小生意做，你讀書。」

「那多悶。」

「你不贊成？」

「趁這兩年，多賺點。」

「把我當搖錢樹！」

「我愛煞這諢稱：試想想，搖錢樹，搖呀搖，銅鈿叮鈴噹啷掉下來，明天，樹上又結滿了錢，大可再搖，太可愛了。」

不語不去理她，自顧自回房去休息。

過數日，不語臉上瘀痕漸漸褪去。

她還是她，只不過輪廓深了一點，一照臉，有陌生感，好似認錯人似，不過一笑，親切感又恢復了。

真奇妙，接縫處一絲疤痕也無，該名醫生真是大國手。

「好不好看？」

「同天生麗質一般無異。」

解語自覺有義務說好話給姐姐聽。

「年輕光潔得多，看，現在我倆多像。」

姐妹倆站在鏡子之前。

「姐姐漂亮得多了。」

「是，」她解嘲，「終有一日，美得自己都不認得。」

「為何情緒低落？」

「因為無事發生，悶死人。」

「噫，沒有新聞才是好新聞。」

就在這個時候，有導演找不語。

她在電話裏密密斟起來，神色漸漸興奮，解語知道有好消息。

生活，對她們姐妹來說，從來不是一條直路，她們不可能一眼看到地平線。

她們生活在叢林之中，彎裏彎，山裏山，危機四伏，說不定要披荊斬棘。

這一通電話講了個多小時。

到最後十分鐘，只聽得不語一直說：「是，是」，可見融洽到什麼地步。

解語十分安樂。

第二天就有製片捧着合同上來簽署。

不語再也不提移民同做小生意之事。

小生意，什麼生意？開禮品店抑或時裝店，賣鞋還是賣唱片？

解語深深歎口氣。

要不退休，要不堅挺下去，從一而終。

放學，家中孑無一人，電話鈴響個不已。

解語連忙接聽。

「不語？」

「不，方先生，是我。」

「聲音真像。」

「都那麼說，」解語陪笑，「你在何處？」

「我回來了，打了一整個下午電話。」

「對不起，外婆在教會，姐姐出外開會。」

「有新工作嗎？」意外。

「到台灣拍電視劇。」

「她不是堅拒降級拍電視嗎？」

「這次不同，由大導演主持。」

「嗯，可見是多麼不景氣。」

「方先生，有急事否，我替你打手提電話。」

「電話沒有開啟。」

「啊。」

「解語，你出來一下可以嗎？」

「當然可以。」

「我廿分鐘後在樓下等你。」

解語抬起頭，有什麼不對了。

她連忙換上便服，跑到樓下去等。

不消一會兒，方玉堂的車子駛至。

他並不是上了年紀的猥瑣生意人。

方玉堂才四十多歲，頭髮濃密，並無禿脫現象，身段亦維持得十分健康，外形與不語堪稱匹配，所以二人在一起那麼長一段時間。

解語寒暄：「製衣廠生意好嗎？」

「託賴，還不錯，做了三代了。」

他岳父正是他父親當年的伙伴。

方玉堂忽然歎口氣。

解語笑問：「什麼事？」內心忐忑。

他說：「你一向準時，不像不語，一直叫我等。」

解語笑，「那是因為你不是我的男朋友。」

方玉堂看她一眼，車子駛至山頂。

方玉堂說：「解語，這次我到溫哥華，原來打算一安頓好家人即返來照顧生意。」

解語收斂了笑容。

「一到彼邦，覺得國泰民安，生活豐裕平靜，予我舒暢感覺，非言語可以形容。」

解語心想，那你受溫埠表面迷惑了，世上安有如此樂土，人家國債纍纍，國家瀕臨分裂，治安亦大不如前，而且，種族歧視也開始湧現。

但是她一言不發。

「我忽然覺得在商場上拚搏毫無意義。」

解語看着他。

他說下去：「我想起了陶淵明的詩：『誤墮塵網中，一去三十年』，這不是在說我嗎？」

解語暗暗好笑，創業之際，他們統統自比李世民，做得累了，想退下來，又覺得像陶淵明，風光都叫他們佔盡了。

「解語，我想提早退休。」

「那，你要同不語商量，看她肯不肯陪你。」

方玉堂欲語還休。

他將車子停在一處，解語抬起頭，才發覺自山頭看下，是整個海灣。

因在南區，沒有大廈群，只得三三兩兩矮房子，風景像五十年代擺在遊客區賣的油畫。

可是解語無心情欣賞。

方玉堂終於說：「我想移民去彼邦，與我妻兒終老。」

什麼？

他加一句，「我想與不語分手。」

解語怔住。

「我願意賠償她。」

解語張大了嘴作不得聲。

呵，遭到解僱了，老闆願意付出遣散費。

這還是個好老闆，照顧到伙計營生。

有些無良資方索性一走了之，人影全無，可憐的勞方擾攘半晌，告進官裏去，已是百年身。

解語發獃。

忽然之間，她落下淚來。

少女與嬰兒的眼淚都感人，方玉堂說：「你放心，解語，令姐比你想像中堅強。」

無論她性格如何，這也是很厲害的打擊，像大動脈被割了一口，放血，不知幾時止得住，也許有生命危險。

解語無法鎮靜，手簌簌地抖。

「那你得親自向她交代。」

「這，解語，你可否替我說一說。」

「不，」解語堅持，「十年關係，你欠她一個解釋，見最後一次，交代清楚。」

「我怕見她。」

「怕也得見。」

方玉堂不受威脅，他笑笑，「我有張支票放在婁律師處，不語知道地址，我今晚將飛往溫哥華。」

就差沒加一句青山白水，後會有期。

解語悲忿莫名。

她把手握得緊緊，不想老方看見它們在冒冷汗。

只聽得老方說下去：「原來時間過得那麼快，十年晃眼過去，原來，我子女均已長大成人，隨時可論婚嫁。」

解語推開車門，下車。

方玉堂詫異地問：「你往何處？」

解語站在公路上，真的，往何處，一直走回家去？那要走多久，可是三小時以上的路程，體力吃得消嗎，吃這苦又是為何來？

「快上車，我還有話同你說。」

解語立刻上車，坐好，繫上安全帶。

方玉堂看着她，「我們一向是朋友，你不該生我氣。」

「你遺棄姐姐！」

方玉堂忽然忍不住，「你一直叫不語姐姐，事實上，你到底知不知道她是誰？」

解語不明他說什麼，張大眼睛。

方玉堂細細觀察解語雙目，他後悔地歎口氣，「天，沒想到你是真不知道。」

「真不知道什麼？」

天色漸暗，路燈亮起，方玉堂的臉上蒙罩陰影。

他問非所答：「這年代，說不上遺棄，我不過與不語終止關係。」

「方先生，別遊花園，請把話說清楚。」

「你那麼聰明伶俐的人，這些年來，真相信不語是你的姐姐？」

解語如頭頂被人淋了一盆冰水。

方玉堂歎口氣，「我有義務告訴你，她是你的生母。」

解語整個人凝結。

方玉堂說：「天色已晚，我送你回家。真不曉得怎麼會在這繁囂無情骯髒的都會裏生活了三十多年，且如魚得水，為蠅頭小利爭個不已，唉，今日看來，酒色財氣，真不知所謂。」

他把車子駛下山去。

要到這個時候，解語才問：「你的話是什麼意思？」

「六個字那麼簡單。」

「誰告訴你的？」

「她本人。」

解語不信，「她為什麼要對你說出秘密？」

「因為，」方玉堂歎聲氣，「當時，我們是相愛的。」

「她編一個故事來博取你同情。」

「解語，外婆是你的外婆，不過是她的母親。」

「不，我倆確是姐妹。」

「你倆相差十八歲。」

「有些同胞差廿五歲。」

「我不與你爭辯，你們已不是我的責任。」

方玉堂再也不說話。

他把車疾駛。

到了門口，他替解語打開車門。

「解語，我一直喜歡你，你明敏過人，溫婉可愛，我會想念你。」

已到家門口，解語頭也不回上樓去。

電梯往上升，解語心情空洞徬徨，而電梯駛得特別慢，每站停，層層有人進出。

好似永遠到不了家似。

終於到了，出電梯，發覺走錯一層，只得往下走。

一級級樓梯下去，每況愈下。

她掏出鎖匙開門，外婆已經回來。

詫異地說：「你看上去筋疲力盡，到什麼地方去了？」

她疲倦地說：「外婆，我們生活可會出問題？」

「你放心，沒問題，省吃省用，應當足夠。」

解語吁出一口氣。

「你為何如此問？」

「方玉堂叫我轉告姐姐，他要與妻兒團圓；要離開本埠，不再回來。」

外婆怔住。

客廳內沒開燈。

解語說：「我累極了。」

她仆倒床上。

就那樣睡着了。

半夜醒來，十分佩服自己，在這種情況下都能熟睡，可見事不關己，到底己不勞心。

見不語房有燈光，她推開房門。

看到不語在她心愛的那面水晶鏡前卸妝。

這是不語多年來好習慣，每日，無論多晚、多累，她必徹底卸妝。

她在鏡內看到解語。

「老方向你攤牌？」

解語點點頭坐下來。

「說以後都不來了？」

「是。」

「真是塊雞肋。」

笑吟吟，繼續抹去殘妝，露出皎白臉容。

打個呵欠，啪一聲關了床頭燈。

解語吃一驚，在黑暗裏問：「就這樣？」

聽見不語已躺在床上，她像是經過鄭重考慮，過片刻才說：「不然怎麼辦？」

真的，否則怎麼辦？

抱住他膝頭哭嗎，這不過是一項職業，一項營生。

是，不語是要比她想像中堅強。

「他還說什麼？」

「什麼是非成敗轉頭空，幾度夕陽紅之類。」

不語哼一聲。

過一會又說：「婁律師打過電話來，把支票上數目字告訴我。」

「還可以嗎？」

「頗為慷慨。」

「有金錢上補償已經算不幸中大幸。」

「真是，總不能要了老闆的金，又要老闆的心。」

二人忽然沉默。

不語又問：「他還說過什麼？」

解語答：「再沒有什麼了。」提也不提身世秘密。

「去睡吧，今日大家都累得慌。」

就那樣接受了事實，沒有過激反應，也沒有多大失望，像是一件衣服洗褪色，擱在一邊算數，反正消費得起，又何必拿到店裏去爭論。

解語見不語不出聲，便轉頭回房。

那樣平靜，不知是否早有心理準備。

悲歡離合，天下無不散之筵席，有生活經驗的人都知道如何處理失意事，只得忍耐。

隔了兩日，不語北上拍外景，家裏靜了下來。

偶而有一兩個記者撥電話來，均由解語應付過去。

上次不語往窮鄉僻壤拍戲，方玉堂乘飛機轉包車再步行大半個小時到了該處，獻上玫瑰花與鑽石項鏈。

都是這樣子啦，解語嘴角含笑，追求時千方百計，到頭來棄若敝履。

不過，總算風光過啦，被寵愛過，總比從未被寵愛過強。

即使在最好的時候，不語仍留有餘地，每過一年，都感慨而愉快地說：「沒想到可以捱至今日。」

對她來說，一家三口才是至親，至死不離。

可是她容忍得那樣好，卻叫解語擔心。

每個人的喜怒哀樂完全一樣，只是涵養工夫有別，過份壓抑，十分危險。

半個月後不語回來，沒有胖也沒有瘦，但比較沉默。

傍晚，喜開一罐啤酒喝。

她笑對解語說：「蔡大製片說的，三罐啤酒下肚，看出去世界美好得多，老母豬都會變美人兒。」

酒精令人精神鬆弛，注意力沒那麼集中，時間容易過。

看得出她是痛苦的。

外婆問：「有無找方某出來談過？」

不語訝異地問：「談什麼？」

「或許──」

「沒有或許，我並不怪他，這些年來，他為我做的一切，已經夠多夠好，我餘生都感激他，要怪，怪自己一條辛苦命，投胎到小康之家，已可庸碌舒服地過一輩子，何用賣藝為生。」

外婆噤聲。

「我對事業也毫無怨言，眾人都知道我身邊有個節蓄，踩我，也不會令我為難，無謂浪費精力，故都去擠逼那些尚未站穩之人，比較過癮嘛。」

這樣願意息事寧人，麻煩始終還是找上門來。

一日，解語自學校回來，走到門口，忽然有一輛名貴房車攔腰截住，車門打開，兩名婦人跳下車來。

走到解語面前，不由分說，就是兩巴掌，打得解語金星亂冒。

她本能地擋着臉，眼睜睜，卻不知如何反抗。

剎那間只覺臉上熱刺刺地痛，一名女子扭着她手臂還想再賞她幾下耳光。

幸虧這個時候，有兩名巡路經過的警察趕來，隔開她們。

解語仍然沒有反應，她根本不知發生了什麼事。

只見一神氣活現的中年婦女指着她喝道：「花不語，豈能允許你這種女人目無皇法橫行至今！」

警察拉長了臉，「太太，法治社會，毆打他人，可告你入罪。」

那女子並不心怯，「呵，勾引他人丈夫無罪，我打兩下巴掌有罪？」

解語這才發覺她們當街擾攘，已引起途人圍觀，巴不得找個地洞鑽。

警察說：「一眾到警局去錄口供。」

那兩位女士沉默了，尤其是那位陪客。

正在此際，鎂光燈閃了起來。

糟，記者，世上沒有更壞的事。

這些記者早就守候在側，一見這種精彩突發事件，當然飛身撲上。

只聽得一個女人向另外一個女人抱怨，「你看，事情搞大了，忍了十年，為什麼到今日才發作？」

「我不忿我們整家移了民，她還不放過我們！」

到了派出所，看過各人身份證，警察說：「方太太，你襲擊的對象，根本不是花不語，她是一名學生，只得十七歲，試問如何勾引你丈夫。」

那幫手卻自齒縫迸出一句：「她們是一家人。」

警察沒好氣，「太太，這樣說來，街上所有女人都有機會捱打啦。」

解語不出聲。

「小姐，你可以提出控訴。」

她清晰地答：「我決定控告。」

這時，婁律師滿頭大汗趕至。

方太太顯然也認得律師，大怒道：「婁思敏，你到底幫誰？」

好一個婁律師，不慌不忙道：「坐下，我幫理，不幫人。」

警察搖頭，不耐煩理會這等鬧劇。

一小時後，婁律師陪伴解語步出警察局，門外已結集若干娛樂版記者，看清楚對象，「咦，根本不是花不語！」

匆匆拍幾張照片，回去交差。

解語心境自始至終非常平靜。

婁律師卻替她不值，「怎麼會點錯相，你還穿着校服。」

由此可知二人長得多像。

「打電話叫我來是明智之舉。」

「謝謝你來，婁律師。」

「應該的。」

「姐姐早已與方玉堂斷絕來往。」

婁律師不出聲。

解語是聰明人，她已猜到其中竅巧，歎口氣，「可是方某人寂寞難捱，又回來尋芳？」

婁思敏答：「是，方太太卻誤會是花不語不肯放過他，故忍無可忍，前來挑釁。」

「那老方也真會作弄人。」

婁思敏忽然凝視解語，「你竟不生氣。」

「我吃姐姐的飯，替姐姐擋煞，也是很應該的。」

「姐姐呢？」

「開工。」

「大批記者想必經已湧去採訪。」

「別擔心，」解語反而安慰律師，「她懂得應付。」

婁思敏即時用手提電話與不語聯絡，把事件始末知會她，並且囑咐她小心應對。

半晌，婁思敏把電話給解語，「她要同你說幾句。」

解語只聽得不語說：「真難為你了——」電話電芯用罄，傳出沙沙聲。

解語只得把電話交回律師。

「這事別告訴我外婆。」

「自然。」

解語忽然問：「方玉堂現在的愛人是誰？」

「鍾美好。」

「沒聽說過。」

「是一名落選香江小姐，拍過廣告。」

「多大年紀。」

「廿一歲。」

「也由你照顧嗎？」

婁思敏有點尷尬，「是。」

解語十分幽默，「你戶口越來越多了。」

婁思敏也不禁莞爾，「解語，你真不似個十七歲的孩子。」

「我們這種破碎家庭出身的人，從來不是孩子。」

「到家了。」

「婁律師，告訴我一件事。」

「請說。」

「不語她可是我生母？」

婁思敏一愣，「你說什麼？」

「你沒聽說過此事？」

婁思敏剛毅的五官忽然軟化，輕輕說：「是誰有何關係，你愛她，她愛你，那還不足夠？」

「可是——」

「不要可是，無謂追究，我相信你的智慧足以處理這種謠傳。」

「可是我的生父——」

「如果他已放棄你，則他根本不算你生父。」

「婁律師，你完全正確。」

「回家去，趁明日早報未出，好好睡一覺。」

啊對，還有明日的娛樂版。

這兩日既無死人塌樓大新聞，想必會集中火力渲染這宗風化案。

「你仍堅持告方太太毆打？」

「堅持至方玉堂出面調解。」

「好！」

「不可以亂打人啊，我也是血肉之軀，我也有弱小心靈。」

「我會叫他賠償。」

「看，天大亂子，地大銀子。」

解語深深太息，返回家去。

外婆一見她便急說：「什麼事什麼事，記者把電話打爛了在這裏，不語無恙吧。」

解語把外婆摟在懷中，「沒有事，她有新聞價值，所以記者才似花蝴蝶似圍她團團轉。」

外婆想了一想，「真是，沒有記者採訪，那還了得。」

「是呀，少了他們，那多冷落。」

一陣風似把外婆哄撮到房中看電視。

冷靜下來，解語到浴室掏起一把冷水敷面，發覺臉上清晰有一隻五指印。

那一巴掌像是用盡了女人全力，她以為她是花不語，在家不知練了多久，咬緊牙關，撲上去狂打，由此可知，她是多麼憎恨花不語。

那是奪夫之恨。

解語記得不語時常說：「大家出來找生活耳，一無奪夫之恨，二無殺父之仇，何必生氣。」

這個女人叫方太太，衣着華麗，修飾得十分整齊，育有一子一女，恨花不語破壞了她的幸福家庭。

稍後，不語的電話來了。

「今晚我不回來了，你與外婆早點休息，明早，可以不看報紙就不看報紙，無論誰拍門都不要開。」

「是。」

午夜忽然覺得燠熱，原來是多蓋了一層被子，掀開坐起，心頭鬱悶，煩得似想嘔吐。

原來，白天，她不知道她有多委屈，午夜夢迴，才敢露出真感情。

不語吃這口江湖飯，她跟着不語為生，也沾上恩怨，有什麼好說，她遭遇到的屈辱，相信不到不語身受千分之一。

她又起來洗一把臉。

走到窗前，坐下來。

這才一併將身世取出思量，如果外婆是她的外婆，那麼，不語應該是外婆的女兒。

或者，這個故事，像一切故事一樣，只是一個謠傳。

清醒過來，又不覺那麼難過，由此可知，她的意志力把情緒控制得多好。

不敢怒，也不敢言。

清晨，她去上課。

第一節課還未結束，已有校工來傳她去校長室。

她深覺訝異。

這關她學業什麼事。

校長請她坐，給她看當日頭條。

小報彩色大頁，拍下昨日她受掌摑情形，題目似是而非，極具才情地標着：

「花解語？花不語！」

圖片中她身穿校服徽章看得一清二楚。

校長聲線溫婉、姿勢優雅地說：「花同學，我們得請你退學。」

解語張嘴，想有所解釋，想求情，可是她思想太成熟了，她知道這裏已無她容身之處，她只輕輕地頷首。

「你明白？」

「我明白，我已被逐出校門。」

「校方有校譽需要維護。」

「是。」

「你去收拾書本文具回家吧，稍後有記者會來採訪。」

解語站起來。

「你沒有話要說？」像是問死囚有無最後願望。

解語忽然笑了，「不，我無話要說。」

已經讀到最後一年，真是可惜。

「校方可以代你報名聯考，你願意嗎？」

解語答：「願意。」

「那好，花同學，以後我們書信來往。」

解語靜靜離去。

她並沒有回課室收拾書本外套，那些雜物，稍後由校工送返她家。

到了街上，解語把所有日報買下來翻閱。

真是精彩，記者在一夜之間採訪了十多人，包括方玉堂、方太太，方氏現役愛人鍾美好、花不語，以及所有人等。

可是他們全體否認與緋聞有關，方太太更好笑，她對記者說：「我是為錢債糾紛一時氣忿動手，不幸認錯人，實在抱歉，願作賠償。」

花不語更大力闢謠：「方氏只是場面上朋友，最近幾個月根本沒見過面，我一直在寧靜縣拍外景，大把人證，方氏親密女友另有其人。」

鍾美好花容失色，「我與方某只見過一次，在場還有其他香江小姐及保母等人，該日我們前去領獎，只逗留了十分鐘。」

只要不語洗脫所有關係就好。

解語沒有把報紙拎回家，全丟在街角垃圾筒裏。

回到家，外婆把她緊緊擁在懷中。

也都知道了，也不笨，否則，怎麼生得出那麼精乖伶俐的女兒。

外婆不過五十出頭，許多這種歲數的事業女性還在辦公室運籌帷幄，控制全場呢，在家也不見得是個老糊塗，只不過，一些事，無能為力，愛莫能助，也只得裝無知，免得七嘴八舌，更添煩惱。

能夠有這樣的智慧已經很好。

解語安慰外婆：「不怕不怕，學校多的是，別擔心我，幸虧是我，若是姐姐，以後她還怎麼出去走。」

外婆忽然簌簌落下淚來。

「茶杯裏風波，明日又有別的頭條，別的彩照，誰還會記得。」

外婆並無怨言，只是流淚。

解語一直維持着微笑。

門鈴響了。

外婆嚇得跳起來。

解語說：「新聞已經過氣，不會是記者，我去看看是誰。」

門外是婁律師。

她說：「電話打不進來，怎麼一回事？」

「錄音帶滿了沒處理。」

婁思敏坐下來。
「方玉堂願意親自道歉。」
「不，謝謝，我們不想見他。」
婁律師點頭，自公事包中取出一張銀行本票，「給你交學費。」
解語見本票抬頭寫她的姓名，知道是她賺得的第一筆錢。
一看數目，整整一百萬。
她把本票收好，真沒想到第一桶金如此賺回來。
「你可答應撤銷控訴？」
解語點點頭。
「他很歉意。」
解語不出聲。
「整件事裏，唯一受害的人好像是你。」
「也只得我一人得到賠償。」
「你可要我替你到外國找學校？」

「我不想離開姐姐。」

「那我幫你找家庭老師，以便應付聯考。」

解語不出聲。

「不必心灰，大家都知道你清白無辜。」

「不要緊，我不介意。」

「解語，我很感動，天下少有這樣好妹妹。」

「總不能叫姐姐有福挪出同享，有禍她獨自擔當。」

「這樣相愛就很好。」

解語吁出一口氣。

「還有什麼問題嗎？」

解語抬起頭，「我還以為，學校會作育英才，有教無類。」

婁律師嗤一聲笑出來。

解語也笑，「算了，有期望，就活該失望。」

「那你也不必對全世界失望，百步之內，必有芳草。」

解語無言。

「方氏夫婦明日一起回溫哥華。」

解語訝異，「仍是夫婦嗎？」

「至死不渝。」連婁律師都揶揄這一對。

這倒好，這已經是一種至大懲罰，兩個不相愛的人朝晚對着，各懷鬼胎，互揚臭史。

解語的笑意越來越濃，越來越諷刺。

這件新聞，像所有新聞一樣，漸漸淡出。

婁律師找來一位退休中學教師來替解語補習全科，以便她參加考試。

那位張老師同外婆差不多年紀，可是幽默風趣，能幹爽朗。

一對一教，當然勝過坐在四十五人課室中瞎子摸象，許多本來不甚了了的功課，經張老師講解，澈然大悟。

解語一向不算好學生，一百分拿六十五已經滿意，可是此刻像是忽然開竅。

凡是不明白的題目均取出討論。

她精神有了新寄託。

老師上午來三個小時，已經教完課程。

解語說：「怪不得外國盛行家長親自動手教子女。」

張老師答：「傳統教育有它優點，但是一班四十五人，說什麼都顧不及學生需要。」

「什麼是理想人數？」

「幼稚園，十二至十五人，小學及中學，二十人，大學，八至十二人。」

「嘩，那學費得升十倍。」

忽然想到，張老師的薪酬可能是天文數字，她噤聲不語。

「好好用功，回學校拿聯考成績單時可以揚眉吐氣。」

解語又不覺一雪前恥有那麼重要，但是，假使可以做得到，倒十分有趣。

不語得到上一次那種不良宣傳，名氣忽然提升，眾人對她發生了新的興趣，可惜市道仍然不景氣，工作量依然有限。

不語感慨說：「難怪前輩道，沒有好的宣傳或是壞的宣傳，只有宣傳。」

外婆不出聲。

「解語，過來。」

解語走到姐姐身邊，二人緊緊擁抱。

不語說：「難為你了。」

解語深深太息，「不，難為你了。」

沒有不語，也許她就得睡在溝渠裏，或是，住到兒童院去。

外婆悄悄落下淚來。

已經事過境遷，一日下午，解語自書店返家，忽聽對面馬路有人叫她。

聲音十分熟悉，解語以為是舊同學，有點高興，抬起頭，看過去，見到的卻是方玉堂。

她站定，沒有走過去。

方玉堂見她站住，立刻走過來。

「解語，對不起。」

解語淡淡說：「沒想到你耿耿於懷。」

「解語，你知道我一向喜歡你。」

解語嗤一聲笑，「謝謝，謝謝。」

「怎麼樣，聽說功課有進步？」

當然，他是幕後操縱手，解語不致於天真得以為婁律師會出錢替她請家庭教師。

解語歎口氣。

「解語，你一向至懂事。」

解語輕輕說：「窮人家子女，早諳世情，不爭意氣，」語氣漸漸淒酸，「不外任人魚肉，有力氣者出賣力氣，有色相者出賣色相，免費奉送自尊。」

方玉堂不好意思說話。

「方先生，令千金幾歲？與我差不多年紀吧，可是在賢伉儷眼中，她是尊若菩薩？」

方玉堂不出聲。

解語感慨，「你看，有錢多好，可以買得幸福的童年，而窮人家子女自青少年期始，就不得不出賣給你們來換取生活。」
方玉堂說：「解語，你人太聰明，故此感慨良多。」
「我也不是孩子了，十八歲，已可出來做事，雖然令千金到了廿八歲可能仍在學堂唸碩士銜。」
方玉堂頷首，「說得好。」
解語這時奚落他：「那洞天福地，人間樂園留不住你的心？」
他搔搔頭皮，「原來天長地久，還是有人的地方比較好玩。」
解語詫異，「你今日來，就是為了告訴我這些？」
「實不相瞞，無事不登三寶殿。」
解語大奇，「何事？」
「那我不妨有話直說了。」
「請講。」
「我有一個朋友，非常想認識你。」
解語一愣，這是什麼意思？

可是聰明的她在電光石火間忽然明白此事。

她並不動氣，只是譏笑：「方先生，你怎麼連這一行都幹！」

「介紹一個朋友給另外一個朋友認識，是正常社交活動。」

「謝謝，不敢當。」

他們站在行人路上談話，方玉堂的豪華房車一直在路邊等，司機靜候吩咐。

解語問：「你要說的，就是這麼多？」

「是。」

「再見，方先生。」

方玉堂無奈地聳聳肩。

解語忽然嫣然一笑回頭，「你那朋友，怎麼會知道有我這個人？」

方玉堂連忙答：「他知道那宗新聞，他覺得很感動。」

「我看不出有任何感人肺腑之處。」

「你那樣為不語——」

解語訕笑，「賺人熱淚是不是——姐妹花忍辱偷生。」

「解語，我窘極了。」

「再見。」

這次解語頭也不回地返家去。

接着三個月內，解語劇變，她對功課發生新興趣。

孜孜不倦，感動了張老師，於是在下午多來兩個小時，與學生朝夕相對。

解語問老師：「能及格嗎？」

「綽綽有餘。」

得隴望蜀是人之常情，解語又問：「可以拿到十個優嗎？」

張老師又答：「未至於，七八個甲級已可所向披靡，進入任何一間大學了。」

「那也算不錯是不是？」

「已十分理想了。」

解語放下心來。

每一團烏雲都鑲有銀邊，學業進步是她意外收穫。

解語此刻嗜好是逛書店。

經過那一役，她自一個無主見無方向的小女孩蛻化成沉默好學的少女。

可是與不語的關係卻明顯疏離。

不語結識了一班新朋友，計劃十分多，平時大吃大喝，麻將耍樂，上落頗大，還考慮一起做生意。

她歡喜地說：「以前我就是沒有一個可以商量的人，現在有了這班好友，殊不寂寞。」

心靈空虛，有一班人陪着也是好的。

「姐姐，不如結婚生子。」

不語一怔，哈哈笑起來，「那麼容易？」丟一本娛樂雜誌給她，「去看看，這一本簡直是前女星離婚特輯，一個個三五七載後又重出江湖，身邊還多了幾名無辜孩兒，這是幹什麼呢，累人累己，當初何嘗不以為是找到終身歸宿，結果白浪費時間感情，解語，求人不如求己。」

獨立宣言。

解語說：「你身邊那些，不過是衰友損友，豬朋狗友，酒肉朋友罷了。」

不語哈哈大笑，「不知幾適合我。」

見她那麼開心，解語也笑出來。

第二天，外婆朝解語嘀咕。

「上個月，簽了近十萬元飲食單子。」

解語想一想，「人家眾星拱月似陪着她，求的是什麼？總得有所付出。」

「說的也是。」

「不請客，何處有朋友，你別看她面子上做不出來，方某那件事，其實已叫她傷透了心，需要慢慢療養。」

「我亦覺得是。」

「有錢多好，可以隨意傷人。」解語氣忿。

外婆反過來勸她：「許多無業流氓更會凌辱女性。」

這倒是真的。

紅顏多薄命，醜陋作夫人。

接着的一段日子，不語忙着應酬，玩耍，並無異狀，直到一日，解語在報上讀到新聞：「花不語自編自導自演一齣好戲。」
解語拎着報紙去問姐姐。
不語睡眼惺忪，「啊，登出來了。」語氣歡欣。
解語低聲問：「誰是老闆？」
「我。」
「為何扒逆水？」
「不入虎穴，焉得虎子。」
「姐，你要虎子來幹什麼？」
「揚眉吐氣。」
「姐，任何投資都有輸有贏有風險。」
「我一定會贏。」
解語已無話可說。
「你不看好姐姐，誰看好姐姐？」
解語強笑。

「小投資，文藝片，一定會回籠，你放心。」

到這個時候，解語才知道，上一次，方玉堂把她自尊心傷得多厲害，她的信心碎得七零八落，如今，要自編自導自演一齣好戲，才能拾得回來。

不語笑，「鄧小慧與焦偉芳都儼然是大製片，我比她們少了眼睛還是少了鼻子。」

解語感覺到不安。

不語翻閱着報紙，「這幾張照片拍得不錯是不是？」

解語說：「你穿桃紅色一直好看。」

她去找婁律師。

婁思敏招待她喝咖啡。

「家裏一老一小，故此她也沒有事先同你們商量，她同我說，想替事業注射興奮劑，否則再過兩年，觀眾一樣是忘記了她。」

「她有足夠資本嗎？」

「我看過計劃書，那幾百萬現金難不倒她。」

「可是那真是血汗錢。」

「說得好，每一個人賺的都是血汗錢，我們用一生最好的歲月，一日最好的時間來求生計，」婁思敏感喟，「不知值或不值。」

「我怕她受騙。」

「這是她本行，她有經驗。」

「但，為什麼我左眼跳個不停？」

婁思敏笑，「你精神太過緊張。」

「可以勸阻嗎？」

「消息已經發出去了。」

「這世界出爾反爾也很普通。」

婁思敏說：「她想玩這個遊戲。」

「我見過血本無歸的例子。」

「太悲觀了，也有賺大錢的機會。」

婁律師辦公室的空氣調節稍冷，解語抖擻了一下，原來，她比姐姐更無信心。

「你只要把書讀好，別管其他。」

解語不大看得到姐姐。

她租了寫字樓，又在某酒店訂了公寓式長房讓工作人員休息，一邊改劇本，一邊組班底，在娛樂版上隔幾日便有消息，熱鬧非凡。

家裏十分靜寂，聯考時間表與准考證已經下來，張老師多年經驗，指點學生應注意什麼題目。

解語並沒有在試場中碰到老同學。

張老師問：「自覺答得如何？」

「如囊中探物，唾手可得。」

張老師笑，「不得驕傲。」

咄，不驕傲有什麼意思。

可是，解語也笑了。

也許，對不語來說，那齣好戲也是一場考試，如果勝出來，她可以順利升級。

她有做好功課嗎？

一連十場考試，解語明顯地瘦下來。

天天早上都吃不下早餐，萬幸她能喝極多牛奶。

最後一天，鬧鐘響的時候才清晨五點。

好一個解語，撐着起床，翻閱筆記。

然後梳洗更衣，出門之前，去看一看外婆。

外婆一向有向牆壁睡的習慣，解語看不到她的臉。

近日她睡得比較多，彷彿比從前疲倦，也可能是因為比從前空閒。

解語輕輕掩上門。

她獨自赴試場去。

魚貫步入大堂，解語有種躊躇志滿的感覺，不，這不是爭意氣，校長不公平地把她轟出校門，可是她並沒有因此倒下來，她今天還不是一樣來考試，成績也許比老師最溺愛的同學更好，這叫爭氣。

試卷下來，她低頭疾書。

兩個半小時很快過去，她交上卷子，環顧四周，收拾好筆紙及准考證，鈴聲一響，站起來。

可以聽到百多名學生齊齊鬆口氣的歎息聲，接着，大家走出試場。

有人在身後叫她。

解語轉身，是一個白衣白褲的男學生。

「你怎麼知道我名字？」

「我偷看你的准考證。」

「有何事？」

「要不要到附近吃一杯冰淇淋？」

「我沒有空。」

「可以把電話告訴我嗎？」

「我父母不准我與陌生人談話。」

那男生急了，「可是，人海茫茫，你這一走，我將永遠失卻你影蹤。」

解語忍不住笑，「這便是人生了，小兄弟，再見，珍重。」

那男生啼笑皆非地呆呆站着。

張老師的車子在街角等解語。

那慈祥的中年女士同她說：「大功告成。」

「謝謝你，張老師。」

「我下星期將移民往多倫多。」

解語大吃一驚，「怎麼沒聽你說過！」

張老師歎息，「這便是人生，有聚有散，聚散均無因。」

六月債，還得快，她怎樣對人，人便怎樣對她，真沒想到張老師會那樣說。

解語低下頭。

「三個月來相處，依依不捨，他日，若來多倫多升學，可住我家裏。」

解語黯然。

「來，送你返家。」

老師故意拖到最後才告訴她，免她送禮辭行。

世上怎麼沒有高貴正經的人。

「這是我的地址電話，成績公布，第一時間通知我。」

「是，老師。」

外婆等她回家，準備了豐富菜餚。

「考完了？」

「考完了！」

外婆笑說：「若考得理想成績，我們招待記者，道出前因後果，控訴校長無理開除學生。」

解語笑，「這不大好吧。」

「差點叫老校害慘。」

解語忽然豪邁地說：「若真的叫人害得一蹶不振，那我不算好漢，摔死活該。」

外婆也笑，「好好好，得饒人處且饒人。」

「即使考得全市第一，也不會招待記者，我不過想向自己交代。」

「是，是，是，來吃這碗紅燒蹄膀。」

翌日，不語吩咐油漆師傅把客廳天花板髹成紫紅色，譬喻紅得發紫。

手提電話號碼改了，六六八八三八三。

她仍然很少回家來，解語覺得姐姐神采飛揚，說起新戲，甜蜜蜜，喜孜孜，即使與方玉堂最和諧之際，也沒有這樣開心。

解語開始覺得那幾百萬投資也許值得。

買笑嘛。

花不語賣笑多年，現在也輪到她買笑了？

世上沒有免費午餐，無論什麼，總得付出代價，那麼高興，可知入場券不便宜。

從前低調的花不語忽然出起鋒頭來，姿容美麗、名貴首飾，含蓄性感的服飾，像一顆新星似吸引到注意。

一個清晨，解語在床上看報紙，電話鈴響了。

熟人都已經不再撥這個電話找不語。

原來是方玉堂。

「方先生你好。」

幸虧一直叫他方先生，現在不必改口。

「不語在家嗎？」

「她現在很少回來。」

「她不是生意人才，投資過份龐大，怕有閃失，你有無勸她？」

解語訕笑，「我更加沒有頭腦。」

「那，你看着她傾家蕩產？」

「小本經營，不至於此。」

「人人把她當冤大頭。」

「方先生，你在什麼地方？」顧左右言他。

「我一直在本市，何嘗有走開過。」

原來如此。

「她要向我顯顏色，是嗎？」

解語仍然很客氣，不知怎地，她耐心地替每件事留個餘地。

當下她聲線溫柔，「我想不，方先生，她已忘記此事，從頭到尾，她不發一言，不出一聲。」

「她恨我嗎？」

「她忙得不可開交，外婆的燉品要派人拿到公司去給她，你說，她哪裏還騰得出愛與恨的工夫。」

方玉堂愣住半晌，「你勸她當心。」

「沒法子，方先生，你已撒手不管，一切只得任她了。」

方某吁出一口氣。

他彷彿有點悔意，欲多說幾句，可是解語已沒有時間給他。

「我要去學校看榜。」

「今日放榜？」

「是。」

「祝你高中狀元。」

解語乘車往學校。

金榜貼在禮堂中央。

佈告前已圍滿同學。

本來可車到報館去查，可是解語還是回到熟悉的地方來。

她一眼看到成績，七個甲，三個乙。

算是好成績，可是狀元另有其人。

有同學發現了她，竊竊私語。

不一會兒，老師出來，叫住解語。

「花同學，你成績是本校第一名，」她誇獎她，「做得好極了。」

全校第一？功課一向名列前茅的黃月嫺與袁定能呢，沒有為校爭光？

「由校方替你報名，現在成績單也在我處，你願意到課室來領取嗎？」

好像什麼事都沒發生過似。

解語答：「我……沒穿校服。」

「不要緊，你又沒穿花裙子，今日非正式上課。」

「好嗎。」

「還有，花同學，願意回來唸預科嗎？」

解語猶疑片刻。

「可先報名，然後，獲外國大學取錄的話，可以退位。」

嘩，這麼多選擇，都為她設想周到。

可見人真的要自己爭氣。

一做出成績來，全世界和顏悅色。

真奇怪是不是，一樣是這個人，這副性格，這個環境，三個月前，同樣一幫人要掃她出門，現在，同一票人要靠她光耀門楣。

解語不覺享受，只有感慨。

表面上不露出來，恭敬地說是。

連當事人都一字不提前事，又有誰會記得？一定可以皆大歡喜。

當下，班主任走進課室，手中拿着一疊成績表。

同學們紛紛就座。

離開學校三個月，再回來，感覺怪得不得了。枱枱櫈櫈那麼小那麼硬，奇怪，以前怎麼坐？

同學們訕訕地向她打招呼。

老師發表了最佳成績，眾人詫異地發出驚歎。

領了成績單，解語到註冊處報名升讀中六。

教務主任輕輕說：「校長只做到這個學期底。」

解語抬起雙眼。

「她被調走了，明年新校長姓唐。」

呵，有這樣的事。

解語本來只來看成績，沒想到意外獲得平反。

「歡迎你明年回來。」

解語朝她一鞠躬。

她取了成績表離開學校。

到了家，立刻撥電話給張老師，那邊是深夜，她在錄音機上報告喜訊。

不語的製片撥電話過來，「二小姐，語姐問，你成績如何，可要到報館去查一查。」

「已經取了成績，七個優。」

那見多識廣的製片忽然倒抽一口冷氣，「什麼，你考試時吃過什麼，這種成績是真人可以做到的嗎？」

無人比他更會說話，不愧是製片家。

「我立刻去向語姐報告。」

解語被他逗得笑出來。

隔一刻，方玉堂秘書也來打聽。

幸虧考得好，否則，眾人如此噓寒問暖，怎麼吃得消。

「替我謝謝方先生，是張老師幫我開的竅。」

解語很累，倒在床上睡着。

真幸運。

外婆回來，推她，她迷迷糊糊回答。

「揚眉吐氣！可以挺起胸膛來做人了。」

下午，不語帶了一隻蛋糕回來。

笑道：「找你客串一個角色如何？」
解語嚇得雙手亂搖，「哎呀呀，那麼多人看着，多難為情。」
不語凝視她，歎口氣，「我至怕沒人看，你卻怕有人看，一個屋簷下兩個人，性格大大不同。」
解語一味陪笑。
「也罷，一個人在丞裏已經足夠。」
「升學的事——」
「你問道於盲，不過，能到外國升學，其實有利將來。」
可是解語不捨得外婆。
「那麼，再等一年吧。」
不語握着妹妹的手。
「一下子中學都畢業了，三歲學唱字母歌的情況，歷歷在目。」
解語忽然問：「那時你多大？」
不語醒覺，笑道：「要套我年齡？那時我七歲。」

笑得十分暢快，露出眼尾細皺紋來。

當然不止相差七年。

可是，有什麼關係呢，沒有人會比她們更相愛。

一部戲的後期工作往往比拍攝更為吃苦，可是不語從不把工作帶回家做。

家是溫暖安樂窩，一個完全休息的地方。

外婆攤開報紙研究，「排在暑期第二檔上演，那算不算好？」

「大概還算不壞吧。」

「報上說，假使第一檔收得好，可能延期。」

「千萬不要在姐姐面前表示焦慮。」

「我省得，都說戲拍得不錯，很好笑，討人歡喜。」

「外婆，你別緊張。」

「怎麼鬆弛？不語在我處調走兩百多萬。」

解語抬起頭來。

「我存的是加元，買之際六元二，最高見過六元八，此刻跌到五元七，兑回來已打了三大板，這幾年利息甚低，三四厘都做過，笑死人，希望這番不語幫我賺回來。」

解語不禁擔起心來。

戲上映之際，她跑到戲院去查看。

見票房外有人排隊，心頭才放下一塊大石。

不語洋洋得意，「在這種不景氣情況下，我們尚可不用賠本，多開心。」險過剃頭。

「下一部戲的劇本已在準備。」什麼？

解語一顆心又吊了起來，「得些好意需回頭。」

這下子不語的臉忽然掛下來，「你懂什麼，只會掃興潑冷水，你未做過一日事，賺過一塊錢，茶來伸手，飯來開口，中學甫畢業，你來教訓我？」

解語立刻噤聲，羞愧得低下頭。

「你們這一老一小，何必多事，凡事有我，你們在家，有粥吃粥，有飯吃飯，不就完了。」

外婆連忙打圓場。

不語臨走，放下一張支票。

外婆看過銀碼，表情非常滿意。

可是解語訕訕地過了一日。

真的，她何來智慧膽色，膽敢教訓不語，她唯一豐功偉績，不過是替她捱過兩巴掌。

而這件事，也已為人淡忘。

新的劇本出來之際，解語已回到學校去。

不語變了許多，她現在說話權威、專制，喜歡眾人奉承，聽到好話，即時笑逐顏開，如不，拂袖而去。

相由心生，妝也改得較為濃艷，衣裳顏色亮麗起來，有一件豹皮花紋的緊身衣，穿上效果特別，令人看了一眼，再看一眼。

身邊一班人跟進跟出，連手袋與無線電話都有人拎着，一日，特地叫秘書去半日，為的是找一種不大買得到的巧克力糖。

那人自然不會白白來回地走，那些人都支薪水。

吃頓便飯，也叫司機坐在朋友門口等上四五個小時，那加班費可是一筆開支。

外婆苦笑，「多年不正常生活的壞影響現在開始現形。」

因為覺得吃過苦，所以決定享受，控制得不大好，故此有點過份。

可是解語說：「應該的。」

內心悽愴，都是吃她飯的人，有什麼資格說她不是。

劇本厚厚一疊，「解語，你看了，給點意見，當自己是一個普通觀眾。」

一看封面，解語嚇一跳，上面寫着刺秦二字。

她質疑地抬起頭來。

不語解釋：「荊軻刺秦王。」

解語張大嘴，眼珠子差點沒突出來。

「看完把印象告訴我，敝公司決定嘗試不同戲路。」

不語愉快地離去。

解語低下頭。

這種所謂歷史故事一定歪曲事實，不然不顯心思，不夠獨特，荊軻一定會武功，打扮不中不日，且有數名紅顏知己爭風喝醋，而最後揭盅，他原來是名同性戀者，所以才為燕太子丹風蕭蕭兮易水寒，壯士一去兮不復還，要多曖昧都可以，只要能媚洋，最好可以到國際影展參展拿獎。

解語願意一手捶胸，一手握拳，垂着頭痛心疾首地說：「姐姐，讓我們移民吧，別拍這些勞什子戲了，」可是她不敢。

忠言逆耳。她不忍得罪養活她的人。

本子寫得很散，有一兩場戲比較吸引，男女主角都有沐浴鏡頭，紅紗帳、青竹床，想必有苗頭，可是古裝戲成本恐怕要大十倍。

解語放下本子，十分沮喪。

她不懂，故不能一味攔阻。

她又沒有更好的消遣可以提供給不語。

有些家長一味盲目反對子女全部作為，卻無更佳建議，兩代關係搞得非常差，解語不想與姐姐成為陌路。

況且，她不一定是她的姐姐。

如果不是，不語走過的路更辛酸更痛苦。

解語約會方玉堂。

方氏親自迎出來，接她進會客室。

「解語，什麼風吹你來？」

解語輕輕坐下，開門見山低聲說：「如果不語是我生母，那麼，我生父是誰？」

方玉堂先是一愣，繼而歎口氣，「我不該把這件事告訴你。」

真虛偽。

解語笑了。

「幸虧你一直不曾與她對質。」

解語說：「告訴我更多。」

「我同不語分手，過程也很醜陋。」

「怎麼會，你說再見，她便消失。」

「對，繼而我往外國人間樂園去過神仙般生活。」

「難道別有內情？」

「分手原因：我發覺不語有男朋友。」

「不！怎麼可以，雖然你有妻室，不代表她可以不忠！」

方玉堂吃癟了。

過片刻他才說：「物質上我一點沒有虧待她。」

「她並非賣身。」

方玉堂用手撐着頭，「那男子年輕、壯健、英俊，他是外國人。」

解語一點也不知道有這樣一個人。

「一定很快分開了。」

「可是，有第一次，必有第二次。」

解語頷首，「如此淫婦，還是一刀兩斷的好。」

方玉堂不語。

他打開小型夾萬，取出一隻大信封，抽出一張照片給解語看。

解語怔住。

那是兩個人的背影，女子穿小小金色泳衣，與男方依偎在夕陽棕櫚樹下，兩人正接吻。

「照片拍得好極了。」

方玉堂苦笑。

解語微笑，內心寬慰，原來姐姐有過如此好時光，值得慶幸。

「私家偵探有無告訴你對方是什麼人？」

「她的網球教練。」

「這沙灘在什麼地方？」

「美屬處女島。」

解語終於咧開嘴笑。

方玉堂無奈，「解語，我也知你永遠不會同情我。」

解語欠欠身，「你身家過億，何需同情。」

照片拍得真好，充滿偷情的浪漫刺激情調。

二人的皮膚曬成金棕色，瞇着眼，陶醉萬分。

「我不能假裝不知，我找個藉口同她分手。」

原來如此。

「可是，接着發覺鍾美好更為不貞。」

解語嗤一聲笑。

「接着，林翠蘭與周寶熙亦如此。」

解語說：「嘖嘖嘖。」

「後悔也已經來不及。」

「現在的女伴是誰？」

「王雅麗。」

「沒聽說過，或許，你應考慮回到方太太身邊。」

「我們已是陌路。」

「那多好，也根本毋須離婚。」

「移民潮救了我，你看現在多好，隔着一個太平洋，大家可以為所欲為，眼不見為淨。」

解語問：「我生父是誰？」

「你不會想見他。」

「我在想，不語鋒頭這樣勁，那人，如果在本市，不會太太平平默默修行吧。」

方玉堂露出佩服的神色來，「真聰明。」

「他，也許會有要求？」

「那自然，一次，託人向不語要醫藥費。」

解語惻然。

果然是這種人。

「居然有人替他做中間人，口口聲聲叫不語把現款存入一個戶口。」

果然是這種人。

「不語立刻將此事告訴我，那年，你還很小。」

「你怎麼做？」

「我在派出所有朋友，忠告我報警，當勒索案處理。」

解語沉默。

「我必須那樣做。」

「我明白。」

「那時不語尚未出名，事情較為容易隱瞞，而傳媒也尚未流行深入挖人瘡疤。」

「你肯定我不是妹妹？」

「不語大你十八歲。」

「她保養得真好。」

「不幸中大幸，你是那樣可愛的一個女孩。」

「謝謝你。」

他一向喜歡她，也與她談得來。

「如果不語有點乖張，你需原諒她，她走過的路不容易。」

是，窮家女，圖出身，總有行差踏錯的時候。

「那人之後沒了音訊。」誰會去天天記念他。

「你不是有個私家偵探嗎？」

方玉堂急說：「解語，不可。」

解語低下頭。

「記住，麻煩來找你，你才去應付它，如不，任它沉睡，不可觸動它。」

「你見過那個人？」

方玉堂頷首。

「我，長得可像他？」

「怎麼會，你同不語是一個印子。」語氣十分寬慰。

「那人，不值得一見？」

「恕我這樣說：你之不認識他，何止不是一種損失，簡直是至大幸運。」

解語頹然。

「我知道你在想什麼，可是，人生的缺憾十分多。」
解語忽然又調皮起來，「包括美女不貞忠，守德的偏是醜婦。」
方玉堂凝視她，半晌他說：「你是一朵解語花。」
解語駭笑。
嘩，從未聽過更庸俗的讚美。
「聽我忠告，照舊生活，千萬別去揭舊賬。」
解語歎口氣。
「那根本不是你的賬簿。」
解語點點頭。
「你有事願意與我商量，我覺得榮幸。」
不知怎地，解語相信這一切都是真話。
「不語上一套影片，進賬還不錯呵。」
「害您掉了眼鏡了。」解語莞爾。
「你知道嗎，一進賭場即輸的人，反而不致於傾家蕩產，嚐到甜頭，不知收手，那才叫危險。」

解語何嘗不是那樣想，她苦笑：「我們走着瞧吧。」

方玉堂送解語出去。

秘書前來報告：「方先生，杏子斡在樓下撥電話上來說，他三分鐘後就到。」

解語見那老方一聽杏子斡三字立刻變色，便以為是他的新歡。

她笑說：「你接駕吧！我自顧自下樓。」

「不，」方玉堂低聲說：「來，我帶你自另一頭走。」

「光天白日之下，不需這樣曖昧吧，這位杏紫惑小姐未必如此嬌縱。」

方玉堂笑，「是我生意上朋友杏子斡先生。」

解語詫異，「那更不用迴避。」

「我怕麻煩，他正是上次要我介紹你給他的人。」

「啊，」解語急了，「我自後門走。」

「也好。」

解語連忙往載貨電梯走去。

叮一聲，電梯門打開，只見有人推着一輛輪椅出來，解語本能地讓開，同時用手擋着電梯門不讓它合攏。

那推輪椅的是一司機模樣的人，可能不慣差使，而偏偏梯身與大堂之間高低又差了一兩公分，所以一時卡住出不來，他急得冒出汗。

解語與人方便，自己方便，立刻蹲下，出力幫手抬一抬輪椅前輪，果然，後邊那人一出力，輪椅便推出電梯。

那司機沒口價道謝。

解語連聲說不用客氣。

她走入電梯，下樓去。

輪椅上是什麼人？她沒看清楚。

坐在輪椅上，自然有殘疾，瞪着身體有不便的人看，是極之不禮貌的一件事。

所以她沒有看，連男、女、老、幼都不知道。

解語雖然年輕，在這方面的修為卻無比精湛，假裝看不見是她拿手好戲，演技未必比姐姐差。

學校生涯還是好的。

經過上一役，老師同學已對她另眼相看，她卻比往時更加沉默，絕無是非。

小息午膳時分，一見同學三三兩兩聚在一堆，她立時三刻迴避，走得遠遠。

有誰走過來搭訕、攀談，解語掛上一個笑，然後裝聾作啞，硬是似聽不見，說不出，連天氣都不談。

你以為談天氣那麼容易？

「天上有烏雲。」

「她說你面孔似烏雲呢。」

立刻變中傷的謠言。

最好是避不見面，既然不能夠，那麼，最好是不開口。

任憑人說她像傻瓜，名列前茅就好。

解語已掌握了做功課的竅巧，考起試來，真是無往而不利。

而讀書的秘訣，其實人人均知，乃係拚命讀，可是知易行難。

新戲的定裝照出來。

不語特地回家來讓解語過目。

解語拿在手中，愣半晌，正考慮作如何反應。

彩照中的花不語穿着不知國籍、不知朝代的古裝、高髻、大花臉、織錦袍子怕有十多層，她端坐着，似一隻洋娃娃。

類此裝束在何處見過？

解語忽爾想起，三年前不語帶她到東京旅行，她們去看一個大型歌舞表演叫做米卡度，那些表演女郎就作如是妝扮。

解語沒聲價讚好。

不語看着她，「終於也識貨了。」

迷湯人人欣賞、假話人人愛聽。

解語又想起，那些表演女郎跳到半場，會忽然剝下一邊衣裳，露出酥胸，怪異詭艷。

當然，花不語不會那樣做。

她吁出一口氣。

誰知不語也太息一聲，「這部戲一出來，就到國際參展揚名。」

解語唯唯諾諾。

「怎麼不抬槓？」

她怕不語說她妒忌。

「你看你，忽然一百八十度大轉彎，變成書獃子。」

「那好呀，」解語終於笑着開口：「打入國際圈子，講英語、賺美金、住比華利山，飛上枝頭，就不必同本地那班猥瑣人、井底蛙打交道了。」

分明揶揄，不語卻沒有聽出來，還覺得剛剛好：到底是自己人，說話才如此中肯。

她笑着走了。

解語盯着那些定裝照發呆。

不語多年的節蓄，一定似水般潑到街上。

那些辛辛苦苦，流過無數汗與淚賺回來的錢。

對牢陌生人寬衣解帶，同張三李四熱烈擁吻，雖說是戲，卻真人表演，戲子生涯，辛酸之處，豈能為外人道。

怎麼可以拿這些錢來出氣。

美麗的花不語似一條鯉魚精。

這麼些年都熬過去了，眼看大功告成，修煉成仙，偏偏功虧一簣。

這種歷史宮闈巨片，當然不會在都會拍攝，不語她風塵僕僕，來回兩地，不知付出多少心血。

精神異樣亢奮，說話聲音高出八度，演講時仰着頭，眼睛看着東方，解語知道這便是俗稱的走火入魔。

她同方玉堂說：「我都不再認得不語了。」

方玉堂亦覺可惜，「她以前真是個可人兒。」

「都是你害的。」

這樣的嬌嗔的責怪，叫老方心癢癢，「但願是真的。」他呵呵呵笑起來。

「你不離開她，什麼事都沒有，我們仍是逛名店買首飾喝下午茶度日。」

「要變的人，遲早總會變。」

「廢話。」

「她不去馬，心有不甘。」

這才比較像真話。

「最好的十年已經過去，身為女演員，一生也不過只得這個十年，不像我們生意人，七老八十還可以有機會發大財。」

解語又深深歎口氣。

「飾老旦沒意思，自古名將與美人，不許人間見白頭。」

「依你說該怎麼樣。」

「結婚生子。」

解語冷笑，「我不信女子只有一條路。」

「你誤會了，女性可走的路多着呢，可是，這是最佳結局。」

「你少擔心，不語不會嫁不出去。」

「你又錯了，我從來不為她擔憂這個，我只怕她花光節蓄，那就煩了。」

這是事實。

「只要她經濟獨立，體面風光，才不怕找不到男伴，真是愛嫁誰就嫁誰。」

「是錢作怪嗎？」

「當然，誰會拖一個包袱上身。」

解語低下頭。

方玉堂說出實話：「你放心，年輕貌美如你，不怕沒人揹着走。」

解語啼笑皆非。

「找到固定男朋友沒有？」

「十劃沒有一撇。」

「同齡男子都很幼稚是不是？」

「那也不用去說它了，至可怕是他們的母親，不過四五十年紀，未老先衰，一副封建時代老夫人姿態，對兒子女友評頭品足，這個出身有污點，那個相貌不夠端正，像挑王妃。」

輪到方玉堂笑，「你彷彿在說我老妻。」

解語講老實話：「是方太太倒還罷了，你們家到底養得活媳婦，不但有傭人服侍，不愁三餐，尚可即刻移民，可是那種幾乎僅夠溫飽的人家，也同樣拿腔作勢，那才氣人呢。」

「不用生氣，遲早惡婆婆會碰上刁鑽媳婦，有得好鬥。」

方玉堂自己也困惑了。

對着花解語，他好像無話不說，甚至絮絮閒話家常，都饒有趣味，這是怎麼一回事？

而解語又主動恢復與他來往，又有何機心？

「難得你不記仇。」

「我事事均記得清楚，可是你同我們家，到底已有那麼久的淵緣。」

方玉堂有點羞愧。

「我無時無刻不想念不語。」

「你才沒有。」

方玉堂見她不信，一個中年男人，也不好解釋，別轉話題，「我那個朋友，仍想認識你。」

解語看着他，「是一個舉足輕重的人物吧。」

「那當然，商場跟紅頂白，沒有影響力，誰理他。」坦白直截了當。

解語搖頭，「不，我不想認識他，」她狡黠地笑一笑，「媽媽說我年紀還小，宜專心讀書。」

方玉堂也笑笑，「我這位朋友，生性大方慷慨，富甲一方，學養俱佳，是位正派人物。」

「我肯定他是，可是，我功課實在忙不過來。」

花不語監製的巨製，光是外景，足足拍了半年，不能說進行得不順利，又不住招待記者探班，故報上時有報導，並不冷落。

眼看又可順利過關，忽然傳來晴天霹靂。

解語記得很清楚，那一天，回到家，看見不語躺在她的床上，面如死灰，一動不動。

「姐姐！」

她立刻放下書包，跑到床邊，蹲下緊緊握住姐姐的手。「怎麼了，告訴我，發生什麼事？」

不語見過不少大場面，能叫她全身顫抖可真是大事，解語驚惶不已。

不語用手掩着臉，「別告訴外婆。」

「什麼事？」解語嚇得落淚，「可是你健康出問題？」

「要死倒好了。」

「講出來商量。」

「壞了事了。」

「怎麼會！」

「底片被上頭扣留，不予發還。」

「什麼理由？」

「拍攝場地牽涉到軍事基地機密。」

「這正是宣傳重點之一，你不是早已搭通天地線了嗎？」

「打通的原來只是地線，上一層的天線現在大發雷霆，說我們根本沒有招呼過他，將底片扣住，要好好研究。」

解語張大了嘴。

「我這下子可完了。」

解語問：「要研究到幾時？」

「完了！」

「你還不找人疏通？」

「找誰？有字號的人都不擔這種干係，一部電影而已，年中不知多少失敗投資，這個戲有何特別？」

解語抓住姐姐的手，「資金——」

「我已收了訂金作為投資，不能如期放映，需作龐大賠償，若宣佈破產，得變賣一切產業。」

不語失聲痛哭。

最令她傷心的是非戰之罪，而是不可預測的政治因素。

她急痛攻心，已近歇斯底里。

解語把姐姐緊緊擁在懷中。

「有得救有得救，別擔心。」

「我們已想盡辦法。」不語嗚咽。

一日之間，她似老了十年，身體佝僂，四肢軟弱。

解語服侍姐姐吃藥，安排她睡下來。

她即時去找方玉堂。

秘書迎出來說：「方先生開會。」

「我有要緊事，不能等，請他出來一下。」

秘書知道這個漂亮的少女身份特殊，遲疑一下，決定滙報。

片刻，方玉堂自會議室出來，看到面色蒼白神情異常的花解語，立刻吩咐：

「你去我房間稍候，我交代一兩句即來。」

算得難能可貴了。

可是那十來分鐘，像半個世紀那麼長。

雖然外婆一直說，數十年晃眼消逝，並非難事。

方玉堂推門進來，解語轉過頭去，脖子有點痠軟。
她立刻說明來意。
方玉堂張大了嘴，半晌作不得聲。
然後，他斟了一杯拔蘭地，喝一口。
「怎麼會跑到人家軍事基地去取外景？又不是時裝片。」
「別研究這些了，你人面廣，可有救？」
「有是有。」
解語一聽已經放下心頭一塊大石。
「現成有一個人，一句話，底片明朝即可放出來。」
「我不相信。」
「我說的都是實話。」
「此君是誰？」
「這人叫杏子斡。」
解語彷彿聽過這個名字。

「我們如何去求他？」
方玉堂笑了，「我們？我是我，你是你，那是你們的事，我至多扯一扯線，做個中間人。」
「好，我該怎麼去求他？」
方玉堂為解語的勇氣感動，歎口氣。
他說：「這位杏先生，正是我說了近一年，那個想結識你的人。」
解語鬆一大口氣，像遇溺之人被托出海面吸入新鮮空氣一樣。
「這好辦呀。」
方玉堂凝視她，「你怎麼知道人家要的是什麼？」
解語苦澀地一笑，「當然不會是我的靈魂。」
方玉堂說：「你對不語的忠誠，一直使我感動。」
「她養活我，我當然要報答她。」
「照顧你是她的責任。」
「她犧牲很大，而且都記錄在銀幕上，我看過她的影片，一些，真猥瑣得不堪入目，為着家人生活，她也一一忍耐，她為我，我為她，也是應該的，憑什麼我會比她高貴呢，我們是姐妹，或者，是母女。」

方玉堂沉默一會兒。

片刻他說，「即使有難，我也不會叫你們睡到街上去。」

解語略覺寬慰。

「你在這裏等一等，我到內廳去打一個電話。」

辦公室轉角，有一間小小套房，他用來休息用。

當下他走進去，掩上門。

解語在門外等。

以前，她一直納罕，他們是怎麼與她們談的條件，現在她明白了。

大抵不用她們開口，恐怕都有中間人。

真的實行起來，也不比想像中尷尬，冷靜地、理智地，說出交換的條款。

才三五分鐘，方玉堂已經出來。

「關於影片的資料……」

「我馬上回家傳真給你。」

「那些底片約值多少？」

「不語整副家當。」

「其實，她的家當也不值幾多。」

「你錯了，方先生，那是她憑勞力賺回來。」

「一早叫她不要冒險投資。」

「一個人到了某一階段，總想證明一些什麼。」

方玉堂歎口氣，「我遇見不語之際，她正值你這樣年齡。」

可是，已經有一個私生子。

解語不知道說什麼才好，那個孩子，就是她。

別人生孩子，伴侶熱烈盼望，公公婆婆、父母親盡力照顧，她卻一個人孤零零承受白眼壓力。

奇是奇在到頭來，這一切創傷苦楚辛酸也並未曾在她肉體或靈魂上顯露出來。

她也算得是一個奇女子。

到了家，外婆驚疑地問：「不語怎麼回來了？」

解語鎮定地笑，「這是她的家，不讓她回來乎。」

去看了看不語，仍在熟睡。

很好，甜睡可治百病。

解語聯絡到導演，談了半晌，把一切資料記錄下來，放下電話，詳細列出製作人姓名、影片名稱、合作單位、底片數量、外景地點、日期。

一邊寫她的手一邊顫抖。

額角淌着汗，慌張的她不相信她會寫字，一筆一劃都努力地做，片刻手指手腕與肩膀都痠痛起來。

方玉堂的秘書來電催促：「請問資料找齊沒有？」

「好了，此刻就傳真過來，請查收。」

稍後，秘書再來一通電話，「方先生說，資料已到對方手中，請安心等候消息。」

為此，解語一輩子感激方玉堂這個人。
他沒有叫她等。
他沒有搞小動作，賣關子、百上加斤，令她焦慮。
這已是現今世界的仁人君子。
解語一夜不寐。
不語倒是呼吸均勻，連睡姿都沒換過。
解語一個人坐在露台上沉思。
那位杏子斡先生看過資料，想必會召她去見面談條件。
他要什麼不要緊，可是，一定要保證取回底片。
解語緊張而疲倦，終於也在藤椅子上睡着。
是外婆叫醒她。
「當心着涼，為什麼不回房去睡，你倆有什麼事瞞着我不説？」
解語緊握着外婆的手不語。
電話鈴刺耳地在清晨響起來。

吵醒了不語，惺忪沮喪地說：「解語，聽聽，說我不在。」

解語取過話筒，聽對方講了幾句，臉上漸漸露出喜色來。

過一會兒，她把話筒遞到不語耳邊，「你聽聽。」

不語呻吟，「我不在。」

「是許導演。」

「我已經死了。」

「最好消息。」

解語把耳筒按到不語耳邊，那導演嘩啦嘩啦的在那邊說起來。

不語立刻睜大眼，像看到神蹟一樣。

她清醒過來，抓緊電話，聽清楚每一個字。

忽然之間她淚如泉湧，體內一切毒素排洩出來，她丟下電話，大聲喊：「底片發回了，底片發回了。」

真快。

那人也真大方，先辦妥了事情，再來與她談條件，她大可以撒賴，不過，他大概也不怕她飛得出他掌心。

這是一個非常有勢力的人。

不語長長吁出一口氣，癱瘓在床。

「奇怪。」她說：「我頭不痛了，呼吸也暢順起來，一條命又撿了回來，解語，替我準備早餐，唉，江湖如此險惡，拍完這部戲我決定搞退休移民。」

解語的雙手也漸漸回暖。

外婆根本不知一家子險險要睡到街上去，一逕準備早飯。

解語默默看着外婆背脊，是，這個擔子輪到年輕力壯的她來挑了。天經地義，每代負責二十年。

電話鈴又響起來。

解語知道是找她。

果然，是方玉堂喜悅的聲音，「此君像不像救命皇菩薩？」

「沒話講。」

「不語放心了？」

「她正一邊看早報一邊吃粥。」

方玉堂笑了幾聲，「那多好，再見。」

什麼，再見？

「慢着，我幾時去見那位杏先生？」

方玉堂一怔，「你想見他嗎？」

「不，他難道不想見我？」

「他說助人為快樂之本，舉手之勞，不足掛齒，他亦沒驚動什麼人，只不過講了幾句話，答應請吃飯，如此而已。」

「我——不必見他？」

「將來一定有機會。」

方玉堂掛斷電話。

天下有這麼便宜的事？

吃完早餐，不語頭腦清醒起來。

捧着烏龍茶，她喃喃自語：「一覺睡醒，煩惱不翼而飛，這裏邊，有什麼學問？」

解語過去笑道：「平日你好事多為，感動了上蒼。」

「去你的。」

陽光下，解語看到她眼角聚集了細紋。

這些皺紋不是來旅遊，而是來定居的，一旦安頓，絕不打算走開。

不過不妨不妨，醫科昌明，一定可以撫平。

「是誰高抬貴手呢？」

「許導演一定心中有數。」

「咦，我怎麼在此同無知婦孺一直嘮叨？我還是出去與老許商量後事是正經。」

她梳洗更衣，匆匆忙忙趕出門去。

外婆疑惑地說：「她昨夜明明有心事。」

「不管怎樣，已經雨過天青。」

「這麼快？」

「天有不測風雲，人有旦夕禍福。」

外婆看着解語，伸手來撫她的臉。

「你同不語一個印子。」

「我哪有她那般漂亮能幹。」

「其實，你們都是好孩子。」

解語微笑。

「只是，人乖，命不乖。」

「誰說的，我們還不是好好活着。」

外婆落下淚來，「誰說不是。」她又笑了。

解語一看鐘，「哎呀呀，我要遲到了。」

她閃進課室，輕輕坐下。

打了下課鈴才向老師解釋。

此刻的花解語早已獲得平反，偶而遲到，不算一回事。

片子發回，一格不少，他們躊躇了一日：到底發生過什麼事，誰是救命恩人，抑或，注定命不該絕！

之後，因為趕戲，忙得人仰馬翻，再也無暇研究命運，當作鴻運當頭，也就一了百了。

不語把海報的樣子，取回家來看。

「這款海報由美國人設計。」

「還有其他的嗎？」

「這張是自己人的傑作。」

解語說：「好多了。」

「喂，會不會是你不懂得欣賞？」

「我不崇洋，因為我諳流利英語。」

「我也覺得是小陸設計得好。」

解語笑。

不語站在海報前踱步，她必須即時下決心。

一個人在作出抉擇之時，往往有股沉寂的專注美態。

解語看着她，輕輕説：「姐姐與以前不同了。」
不語轉過頭來，笑笑，「我也覺得。」
「比從前更漂亮。」
她坐下來喝一口咖啡，「誰説的，更醜才真，一日，大聲同工作人員理論，猛一抬頭，看到一塊玻璃中自己的反映，原來叉着腰，倒豎眉毛，嘴角往下垂，哎唷唷，嚇一跳，這惡婆子是誰？原來是我花不語。」
解語亦笑，「所以許多能幹的男人不讓妻、女、愛侶出來工作。」
「是，養着一屋低能兒。」
「不與社會其他人比較，也無所謂。」
不語最終取起一張海報，「我挑小陸這張。」
「當然，你看，一鈎殘月疊影女主角倩影，多有情調，保證唬得洋人一愣一愣。」
不語瞪她一眼，接着笑了。
那是傍晚，解語接到方玉堂電話：「請出來一下。」

解語即刻惶恐，「可是——」

「呵，不不，是我想見你，我有話説。」

到底年輕，解語隨即放下心事，「我馬上來。」

外婆問：「去何處？」

「約了朋友。」

「你有朋友了嗎？」

「不，外婆，是普通朋友罷了。」

「解語，你自己當心。」

「我曉得。」

「我那套已殘舊，教你也無用，你謹記邊學邊做。」

解語略覺悽惶，她見過一些幸福兒童，真是父親牽一隻手，母親拖另一隻手，遇到地上有水氹，父母一用力，提着兩隻小手雙足離地跨過，化險為夷。

她有誰？

解語歎口氣，過去握一握外婆的手。

方玉堂在辦公室等她。

聽見她腳步聲轉過頭來，第一句話就說：「我離婚了。」

解語一怔，怎麼在這種時刻離起婚來？

「我老婆不要我了。」

解語一聽，嗤一聲笑出來，天下竟有此滑稽之事。

「她在溫埠碰見廿年前的舊情人，對方喪偶，二人一拍即合，命律師擬了離婚書叫我簽署。」

解語的嘴咧得老大，笑意越來越濃，這叫做善惡到頭終有報，若然不報，時辰未到。

「你好似不大同情我。」

「哈哈哈哈哈。」

「解語！」

「孩子歸誰？」

「他們早已長大成人，歸社會。」

「財產呢？」

「要得不多，原來名下的房產珠寶自然不會還我，其餘一概不要，看來新生活已足夠令她滿足。」

「恭喜你，方先生，你又是一個吃香的王老五了。」

方玉堂卻非常沮喪，「從前，我有什麼煩惱事，在你姐姐處說了一遍，回家又可重頭傾訴，現在，只得悶在心中。」

「你會習慣的。」

「太寂寞了。」

「一分耕耘，一分收穫，再找幾名紅顏知己好了。」

「你有所不知，感情需時間培養，我現在哪裏還有時間。」

解語又待笑他，可是內心惻然，他不是壞人，他曾善待她們姐妹，他一直關心她們。

故此，解語咬着嘴唇強忍着笑。

半晌，她說：「改天再聽你傾訴。」

「解語，請勻出時間給我。」

「一定。」

解語走到電梯大堂，正欲放聲大笑個痛快，忽然秘書追出來，「花小姐，請止步。」

解語站住，「什麼事？」

「方先生請你回去聽一聽電話。」

是誰，誰知道她在這裏？

解語只得打回頭。

只見方玉堂親自拿着電話，見到她，低聲說：「來了。」

解語問：「誰？」

方玉堂輕輕答：「杏子榦。」

啊，解語震驚，債主臨門！

她一剎那不知如何開口。

那邊一直靜靜等她。

終於，解語搔着發麻的頭皮說：「杏先生，你好。」

「解語，你好。」

聲音很年輕很溫和。

解語略覺安慰，「真不知如何道謝才好。」

「不用客氣。」

解語清清喉嚨，「或許應該面謝。」

「一定會有機會見面。」

解語僵住，再也找不到言語。

對方沉默一會兒，忽然說：「再聽到你的聲音真好，解語，再見。」

他掛斷電話。

解語到這個時候才瞭解到如釋重負四字的真正意義。

方玉堂過來問：「講完了？」

解語很輕鬆，「是。」

「可有訂下約會？」

「沒有。」
「他最近的確不大見人。」
「我走了。」
「不送。」
解語在歸家途中才想起那人説過的話。
「再聽到你的聲音真好。」
再？他幾時聽過她的聲音？
他見過她？
不可能。
過兩日，不語在客廳中看報紙，同解語説：「方玉堂離婚了。」
解語故意亂問：「報上説的嗎？」
「不，由熟人告訴我。」
「啊。」
「約五六年前，叫我拿陽壽來換這個消息我都願意。」

「嗯。」

「今日，我情願長命百歲。」

「哦。」

「你看，此一時也，彼一時也。」

「這句成語真有意義。」

「所以，再叫我們傷心流淚的事都會過去。」

「是，留得青山在，不怕沒柴燒。」

「解語，告訴我一件事。」

「什麼事？」

「你那油腔滑調，滿嘴敷衍，自何處學來？」

「嗄，狗咬呂洞賓哩，不識好人心。」

自從聽過杏子斡的聲音之後，解語心中的恐懼略減。

不是七老八十歲衰翁，也不是粗人，語氣斯文，不見囂張專橫。

已是不幸中大幸。

年輕女子心中充滿幻想。

也許一日下課，那人會在門口等：「現在，是你跟我走的時候了。」

像太陽神阿波羅搶走月桂花達芙妮那樣把她帶到不知名之處。

可是，校門口孑無一人。

雨季開始，這是都會中最麻煩的季節，寸步難行，無論打傘或穿雨衣，結果都是通身濕。

解語仍然步行，穿上水靴，雨衣，到了學校，脫下換上球鞋。

課室裏老有一股揮之不去的霉味及汗氣，牆壁上冒出水珠來。

女同學紛紛到家政室去熨乾校服裙。

解語抬起頭，將來，無論遭遇到什麼事，她都會想起上學這段溫馨的日子。

新任校長開明大方，與同學們沒有距離，但也不親熱，她喜歡她的工作，可是卻沒有把學生當子女，不卑不亢，令人十分舒服。

最壞的彷彿已經過去，抑或，根本還沒有來？

天天下牛筋那樣粗白嘩嘩的大雨。

不語說：「謝謝天外景已經全部完成。」

「算順利吧。」

「不能再好，全體工作人員連傷風感冒都無，吹淡風，亦無人軋戲，從從容容做，眾人有商有量。」

「收得回來嗎？」

「賣得七七八八了。」

「真是奇蹟。」

「這也是我最後一部戲。」

解語聽了，豎起大拇指，「在賭場中，贏的人不是拿到好牌的人，而是知道幾時離開牌桌的人。」

不語頹然，「還是純做演員簡單得多。」

「那還不如退下來好。」

「三十歲就退休，以後幹什麼？」

「終於承認有三十歲了。」

不語也笑，「糟，一時不察，被你計算。」

「拋頭露面那麼些日子，你不累？」

不語沉默。

「不如帶我與外婆移民。」

「聽你那口氣，像煞說走就走。」

「不都是那樣走的嗎？」

「我留戀這裏的音樂，多熱鬧同刺激。」

解語不再多說。

不語打一個呵欠，頹然栽倒床上。

有人按鈴，是花店送花來，解語將它放在茶几上。

外婆出來看到，「啊，是梔子花。」

香氣撲鼻。

「以前方先生老送梔子花給不語。」

解語看花籃上結的名字，「不就是老方送來。」

「咦，」外婆倒有一絲歡喜，「難道他回心轉意了嗎？」

這便是老式婦女的想法，解語嗤一聲笑，能夠叫一個人回心轉意始終是功力的表示。

老闆回心轉意，男伴回心轉意，甚至是一個家務助理回心轉意，都值得安慰。

外婆試探地問：「解語，她還會收錄他嗎？」

解語握着外婆的手，「我不認為她會。」

外婆無奈地歎口氣。

「這是好事呀，舊的不去，新的不來。」

「可是，你看她圈內朋友，漂亮的似舞男，醜的似地痞。」

「以貌取人，失之子羽。」

咬文嚼字端的有趣。

「唉，管不到那麼多。」外婆走開。

電話接着來了。

「花收到沒有？」

「謝謝你。」

「不語有何表示？」

「她午睡未醒。」

「啊，」十分失望，又問：「你覺得成數如何？」

「何種成數？股票上落抑或外幣強弱？」

「我倆復合的成數。」

解語不出聲。

「給我一個預測。」

「零。」

「不至於吧！」

「方先生，凡事過去了算數，努力向前看，何必走回頭路。」

方玉堂在那邊沉哦。

「方先生，你想想，我說得有無道理。」

「可是——」

「彼此已經在對方身上用了十年，這真是最可貴的奉獻，不必畫蛇添足了。」

「解語你口氣似個老太太。」

解語索性這樣說：「讓它告一個段落吧，大家只有好。」

方玉堂掛斷電話。

半晌不語起來了，匆匆更衣化妝。

「趕到什麼地方去？」

「招待記者，你要不要來？」

解語雙手亂搖，嚇得退兩步。

不語伸手過去撫她的頭髮，溫柔地說：「你看你，出不得場面。」

索索鼻子，「什麼香？」看到花籃，「誰擺這個白花？呸呸呸，扔出去，同外婆說，買花要買紅掌，或是紅玫瑰。」

司機上來按鈴，不語搶過手袋，小跑步那樣走出去，嘭一聲關上門。

解語並沒有把花丟掉，她把面孔埋進花叢，深深嗅那香氣。

能夠忘記，真是天下至大福氣。
所以不語要故意忙得七零八落，轉身工夫也無，以免有時間保留殘餘記憶。
第二天，攤開報紙娛樂版，看到招待會記錄。
「花不語秋季將開拍偵探推理片，劇本正在籌備中。」
最後一部之後永遠還有最後一部。
解語苦笑。
外婆問：「欲罷不能？」
「不，招待記者，找個話題吧了。」
外婆狐疑，「講過話要算數的吧。」
解語抬起頭，「戲行不必，這是做戲人的特權，要是講的話都得算數，那還怎麼演戲。」
外婆歎口氣說：「歷年來我見過不少上門來借貸的行家。」
躡手躡腳在門外等，由外婆在門縫中塞鈔票出去打發掉。
從前，也都是獨當一面的人物。

「某大導演落魄，連一部二手日本車都要被車行當街拖走。」

解語打一個寒顫，「真恐怖。」

「我是希望不語早日收手啦。」

「我會同她說。」

「我怕她罵你。」

解語微笑，「給姐姐罵幾句，不妨。」

外婆欲語還休。

解語怕外婆同她說起身世，連忙顧左右言他。

「電話找你。」

解語以為是同學來問功課，連忙走進房間。

對方聲音是陌生的。

「解語，冒昧了。」

解語立刻知道他是誰。緊張得手心冒汗，「不要緊，杏先生，我有空。」

他笑了，「你好記性。」

解語坐下來，「杏先生找我有事？」

「沒有特別事故，只是想問，你可願意與我見一次面。」

解語鼓起勇氣，「請把時間地點告訴我。」

「恐怕要你乘一程飛機。」

「啊，那我得先向學校告假。」

對方十分意外，「你還在讀書？」

中間人應當給他詳盡資料，方玉堂失職。

解語陪笑。

「一個長週末已經足夠。」

「知道。」

「我差人把飛機票送上來。」

解語答允。

「再見解語。」

向外婆告假比向學校告假困難得多。

她只是說要去露營。

外婆也不是笨人，「你一向不喜那一套。」

「好同學誠心邀請。」

「你幾時有好同學？」

解語蒼涼地微笑，「最近有了，姐姐出那樣正面的鋒頭，她所監製的影片到國際參展，而我，我又考全校第一。」

外婆歎口氣，「多現實。」

幸虧是，否則，成功還有什麼意思？

「去三天即返。」

「你自己當心。」

解語感喟：「我比姐姐命好，她像我這樣大，早已出任女主角。」

真是，導演一聲令下，生張熟李，立刻得擁着接吻愛撫，說哭就哭，要笑就笑，非人生涯。

她收拾幾件簡單的行李。

三天之後，有人送飛機票上來。

目的地是馬來西亞的吉隆坡。

那麼近，解語不禁放下心來。

星期五下午，她出發去乘飛機。

坐在頭等艙裏，解語獨自沉思。

手提行李內還有下星期要測驗的筆記本子。

多麼奇異的旅程。

沒有人知道她要到什麼地方去，連她自己都不知道她要去見什麼人，可是解語遵守她的諾言，冒險上路。

下了飛機出海關，看到有人持牌子在等，上面寫花解語三字。

解語第一次覺得自己的名字像一種香水。

那人是一個司機，看到解語，十分愉快，「花小姐，請隨我來。」

「請問，我們往何處？」

「轉往喬治鎮，花小姐。」

「那是什麼地方？」

司機微笑，像是有備而來，取出地圖，「花小姐，那是馬六甲海峽上的一個島嶼。」

解語問：「需時多久？」

「乘小型飛機約四十分鐘。」

「它是一個美麗的島嶼嗎？」

「花小姐，它的美麗已不是什麼秘密了。」

語氣有點惋惜，像是不想太多人知道世上有這麼一個蓬萊仙島。

司機把行李拎上車子。

在小型飛機場他陪着解語走上小型八座位飛機。

年輕的解語那強烈好奇心戰勝一切疑惑，那短短航程中她並不寂寞。

喬治鎮，得名想必是紀念英皇喬治五世，應該有英國風貌。

飛機降落，另有車子來接。

解語並不累。

住得那麼隱蔽，一定有理由。
車子往山上駛去。
解語往下看，怪不得有那麼多詩人墨客揚言他愛海，原來海洋真的那麼美。
在棕櫚掩映下的海水是碧綠色的，海岸被新月型白色細沙灘圍繞，山腳有市鎮旅舍。
別墅在山頂。
下了車，自有傭人出來接待。
解語問：「杏先生呢？」
「杏先生早已在等，花小姐可需梳洗？」
解語笑說：「我希望可以洗把臉。」
「請隨我來。」
客房佈置鄉土風味甚濃，不是白色，就是蠟染，解語不想主人家久候，匆匆淋浴，見椅子上搭着紗籠，便嘗試穿上，在腰間繫一個結。
她一下來，傭人便說：「杏先生在陽台。」

解語跟着他走出平台，一看，她呆住了。

在平台寬大的簷篷外，是一個碧綠色的露天泳池，足有兩個奧林匹克標準尺寸大小，一邊是天然岩山峭壁，另一邊是藍天白雲與大海。

解語走出一點，可以看到峭壁上有瀑布落下池中，這一切當然是人工建造，可是看上去卻與大自然結為一體。

傭人取出冷飲。

解語過去取杯子，發覺平台鋪磚地板其中一部份是砌磚圖案，她細細端詳起來。

忽然聽得有人說：「這是拜占庭時期的一幅砌磚。」

解語抬起頭來，「杏先生。」

他在平台內的書房裏，光線自強轉弱，解語一時只看到一個影子。

「歡迎你來，解語。」

「多謝你邀請我。」

「還喜歡這個地方嗎？」

解語客套地答：「像香格里拉。」

杏子斡很高興，「那就多住幾天。」

解語輕輕放下杯子，她想看清楚這個人，於是踏進平台去。

雙目很快習慣幽靜的角落。

她打了一個突。

她看到的，是一張輪椅。

杏子斡，坐在輪椅上。

慢着，她見過這張輪椅，一日，自方玉堂辦公室出來，走後門，事實上也正是為着避開杏子斡這個人，有一輛輪椅卡在電梯門口，是她蹲下來抬一抬輪子，幫它滑出來。

杏子斡愉快地說：「你想起來了。」

「是，原來我們見過面。」

輪椅與她有一段距離，她看不清他的面孔，可是卻覺察得到他的聲音有點奇怪，彷彿是透過擴音器說出話來。

「請坐。」

解語緩緩坐下。

原來他是一位坐在輪椅上的傷殘人士，解語的警戒心又少了一層。

「杏先生，多謝你幫忙。」

杏子斡說：「你幫我一次，我回報一次，互不拖欠。」

「可是，」解語忙說：「我不過是舉手之勞。」

杏子斡緊接着說：「我也是。」

解語笑了。

「我一直想認識你。」

「是我的榮幸。」

解語走過去，伸出手來，想與他相握。

可是杏子斡說：「解語，我自頸下癱瘓，不能與你握手，歉甚。」

解語的動作僵住。

一腳踏前，一手伸出，樣子滑稽，那姿勢凝在半空。

接着，是杏子榦無奈的語氣：「連我的聲音，都是聲帶震盪經過儀器演繹，你才能聽到。」

解語縮回手來。

她半邊身子有點麻痹。

太意外了。

現在，她完全看清楚了杏子榦。

他穿着便服，坐在輪椅上，兩隻手臂安放在扶手上，雙足並排整齊地擱着。

面孔略為瘦削，五官卻十分端正，笑容舒暢，約三十歲左右年紀，他耳邊套着一隻微型麥克風。

解語震驚、惋惜、惻然。

半晌，她慢慢走過去，把手輕輕按在他的手上。

「你好，杏先生。」

「大家好。」

那不是他真正的聲音。

解語不由得難過地問：「發生了什麼事？」
「從來無人提及這個明顯的問題。」
「你能告訴我嗎？」
「是一次意外。」
「不能夠醫治？」
「就是因為醫學無比昌明，我才能坐在這裏。」
「什麼意外？」
「手槍失火。」
「無人告訴我這件事，否則，我可以早些來探望你。」
杏子斡十分高興，「真的，解語，你真的那麼想？」
「是，方先生早一年已經提起過你，可是，我一直以為你是那種無聊的、猥瑣的中年男子。」
杏子斡哈哈地笑。
奇怪，他不比常人更不快樂。

他像是看穿了解語的思想，把輪椅轉了一個圈，「有朋自遠方來，不亦樂乎。」

解語吁出一口氣。

她伸手摸摸瘦軟的脖子，感謝天，這是一條有知覺的頸項。

杏子翰目光如炬，他說：「你累了，且去休息一會兒。」

「我來幫你推輪椅。」

「不用，輪椅用聲量控制。」

「當然。」

這時，一個管家模樣的人走進來，「記得我嗎，花小姐。」

面孔好熟，自然，他便是那次在方玉堂辦公室外為杏子翰推輪椅的那個人。

「我是老金。」

解語笑，「你好。」

老金比上次神氣得多，他對東家說：「花小姐益發漂亮了。」

解語忽然有點腼腆，她笑笑轉身出去。

子來。

所有的走廊都有窗，此刻晴天，窗戶打開，全部面海，碧綠海水映進整間屋子來。

解語回到客房，和衣躺在床上，十分震盪，多麼可怕，杏子斡那麼精俐的靈魂被拘禁在一具無用的軀殼裏。

如果可以換一具肉體就好了。

她閉上眼睛，轉一個身，睡着了。

半晌，有女傭進來，輕輕問：「花小姐，晚飯時候到——，起得來嗎？」

解語立刻睜開雙眼，微笑起床，「自然可以。」

她掬一把清水洗一洗臉，打開行李，換上一件裙子，女傭一直在門外等她。

她帶解語走向飯廳，解語可以看到漫天紅霞。

杏子斡已在等她。

吃的是清淡的西菜，說得正確點，是杏子斡看着她吃。

他解釋道：「我只喝流質。」

到底年輕，這也沒有影響解語的胃口，她立心做一個好客人。

解語沒有碰桌子上的紅酒。

「喝一點，這是我們家在加拿大卑詩省南部的實驗產品。」

「啊，」解語喝一小口，「我是門外漢，不懂得。」

「味道如何？」

「很香，有果子味，又不太甜，容易入口。」

杏子斡很高興，「這已是極佳評價。」

解語笑着放下酒杯。

他從桌子另一頭凝視她，「解語，你在生活上有何願望？」

「我？我沒有願望。」

「真的？」

解語想一想，「希望姐姐的新戲賣座。」

杏子斡笑，「這個我幫不到你，這是群眾的意願，我可用高價把影片買下，可是沒有人能叫觀眾入場，在自由社會，捧出一屆總統易，捧出一顆明星難。」

「那，」解語笑，「我沒有其他願望了。」

「解語你真是一個可愛的女子。」

「那是因為姐姐把我照顧得很好。」

杏子斡略為躊躇，「她其實不是你的姐姐。」

「我聽説過。」解語欠欠身。

「你不想證實此事？」

「我不想她為難。」

「你真誠愛她。」

「她愛我更多，那麼艱難都把我帶在身邊，名份上頭，何必多予計較，這些年來，她也夠吃苦，家人不體諒她，還有誰。」

杏子斡頷首。

解語微笑，「我不擅鑽牛角尖。」

「那是天大福氣。」

「那次把影片底片贖出，真救了我們一家。」

「千萬別客氣。」

「我特來致謝。」

「我極想認識你，你願意來此作客，我非常高興。」

解語輕輕站起來，幫杏子斡把輪椅推到露台上，看那銀盤似月亮。

二人無言。

杏子斡一向鎮定的聲音忽然有點顫抖，「解語，假如你願意留下來，這一切都是你的。」

解語一愣。

他作這種表示，需要極大的勇氣吧，一向發號施令慣了，也不覺得有什麼不對。

四肢不便，對做生意來說，沒有絲毫影響，運籌帷幄，靠的是一副腦力，可是在感情方面，他肯定一籌莫展。

解語很幽默地說：「我們認識，才不過半天。」

杏子斡歉意地說：「是我冒昧了。」

「我只不過是一個學生，我要這王國來何用？」

「我可教你運作整個架構。」

「你屬下共有幾名伙計？」

他想一想，「約五萬名左右。」

解語咻地一聲，雙手亂搖，「我才不要揹這種擔子。」

杏子斡又笑了。

解語溫和地說：「叫你取笑了。」

連消帶打，把杏子斡剛才的建議輕輕抹過。

「你是唯一叫我笑的人。」

「有時我們真需要笑。」

解語握住他的手。

杏子斡沮喪，「我希望我可以感覺到你的手。」

解語聞言，連忙把手挪到他臉旁，輕輕說：「我可以嗎」，她把手按在他臉頰上。

杏子斡感動，「我希望，這不是出於憐憫的緣故。」

解語很直接地回答：「你富可敵國，無人會同情你，放心。」

他又笑了。

老金這時在遠處咳嗽一聲，「杏先生該休息了。」

由他推着杏子幹離去。

解語坐在露台上動也不動，百感交集，看着風景。

半晌，老金出來了，「花小姐，請回寢室，夜深露重霧深。」

解語抬起頭，「老金，告訴我，那是一宗什麼樣可怕的意外？」

老金站定，躊躇片刻。

「請告訴我。」

老金自然知道她在東家心中地位，因此答：「是手槍失火。」

「誰的槍？」

「他的父親。」

啊。

「意外一年之後，他父親病故，他承繼了整個事業。」

「沒有兄弟姐妹？」

「杏先生是獨子。」

「他母親呢？」

「我從未見過，亦未聽他說起。」

「意外之前，他是個怎麼樣的人？」

「學業傑出，是名運動健將，特喜英式足球。」

「他此刻可樂觀？」

「已經難能可貴。」

「我也這樣想。」解語吁出一口氣。

「在這世界上，他十分孤獨。」

「你們對他很好，朋友也都尊重他。」

「他像其他人，需要一個伴侶。」

解語不出聲。

「可是，他又不想對方是為着他財勢的緣故。」

解語微笑，「就算是，也無可厚非。」

老金忽然問：「花小姐會留下來嗎？」

「我已經在想家了。」

老金歎息。

解語忍不住輕輕說：「這並非一座魔宮，他不是一名受詛咒的王子，即使有少女願意獻出真愛，他亦不會復元。」

沒想到老金回答得那麼快：「可是他會快活得多。」

解語站起來，「我想休息了。」

「是，花小姐。」

杏子斡有一具沒有生命的軀殼，靠諸般儀器維持。

解語讀科幻小說，曾看到詭異故事：一個龐大的秘密機構幕後主持竟是一副搭着管子浸在藥水中的腦子！

她掩住嘴，太可怖了，她不該這樣看杏子斡。

他的寢室就在樓上，她敢去參觀嗎？

解語把枕頭蒙住臉睡着了。

第二天一早，解語起來，在晨曦中，到那個幽美的人工池中游泳，這才發覺，泳池用的是鹹水，同在海中暢泳完全同樣感覺。

不消片刻，已有早班傭人前來侍候。

真在這裏過一輩子，倒也逍遙。

看樣子，沒有什麼事杏子斡辦不到，即使有，也無甚相干，躲在這裏就不必理會世上一切牛鬼蛇神了。

她裹着雪白毛巾喝果汁吃早餐。

池子另一邊，是浩瀚的馬六甲海峽。

她身邊有一棵大紅花，七彩蜂鳥不住前來花芯啜蜜。

人間天堂不過如此。

解語深深呼吸一下新鮮空氣。

老金也起來了。

他笑說：「這麼早，花小姐，屋子裏有了你就有生氣，假使喜歡游泳，地庫還有一座淡水暖水池。」

解語用毛巾擦頭髮，「這裏很好。」

老金又去看早餐款式，同傭人說：「讓花小姐試試我們的石榴汁。」

「杏先生呢？」

「他在準備。」

解語不出聲。

身在福中不知福，所有在早上一骨碌可以起床的人其實都不應有任何埋怨。

老金低聲說：「護理人員正替他按摩肌肉，做物理治療。」

「他們也住在屋裏？」

「住西翼。」

「我去更衣。」

女傭一直跟着。

解語客氣地說：「我自己來。」

有手有腳，何勞別人服侍。

女傭微笑，捧來一疊衣服。

原來早一日換下來的衣裳早已處理乾淨，至此，解語不得不承認被服侍確是一種享受。

家中不乏不語只穿過一兩次的時髦華麗服飾，可是解語從來不去碰它們，她自穿她的學生裝束，白襯衫，藍布裙。

她淋浴更衣。

出來時，發覺桌子上多了幾本照片簿。

一翻，發覺是杏子榦的舊照。

解語津津有味看起來。

這當然是他命人給她送來，好讓她瞭解他多一點。

照片自少年時期開始，他穿着寄宿學校制服，背景是木球場，這分明是英國南部某郡。

然後，他發育成為青年，不算英俊，可是活潑壯健，爬在帆船上。

接着，照片上開始出現漂亮的女孩子，有一位相貌秀麗一如哪個電影明星似。

杏子幹緊緊摟着她。

少年的他，是多麼的快樂，美麗的她，不知怎麼樣。

解語深深歎息一聲。

照片簿裏，自然有他在足球場上的雄姿，滿身泥巴，捧着銀杯。

身後有聲音傳來：「怎麼樣？」

解語滿臉笑，轉過頭來，「早。」這時，她發覺她的演技其實勝過姐姐。

「你才習慣早起呢。」

「我每天早上六時正起來溫習。」

「我也喜歡清晨。」

解語清清喉嚨，「照片精彩極了。」

「就怕你會悶。」

「怎麼會，這位漂亮的小姐是誰？」

「受傷前的女友，當時已論婚嫁。」

「真美。」

「我一直喜歡好看的女子。」

「誰不是。」

杏子斡笑。

「後來呢？」

「癱瘓後她陪伴我一年，一日，忽然崩潰，痛哭傾訴她無法再繼續下去。」

解語替杏子斡不值，因而揶揄該美女：「她喜歡跳舞，因而無法忍受，是嗎？」

杏子斡沉默一會兒才說：「也不能怪她。」

「她走了多久？」

「十年了。」

「有無嫁人？」

「嫁得很好，已有三個子女。」

「無情之人多數生活得很好。」

杏子斡笑，「你替我不值？」

「自然，那是你最需要她的時刻，她卻離你而去。」

「你參觀過我的臥室，想法恐怕不一樣。」

解語合上照片簿，「我正想去看看。」

「請隨我來。」

如此坦誠相見，是有心與她做朋友了。

殘疾就是殘疾，他不打算隱瞞什麼。

解語把輪椅推進電梯。

推開門，先看到一間寬敞舒服的起坐室。

接着，兩扇門之內是一間書房。

杏子斡說：「看到這部音量控制的電腦嗎，另一座在天文物理學家鶴堅斯教授寓所。」

「世上只有兩部？」

「是帝國學院機械工程及電腦科學學生的傑作，尚未公開發售。」

解語頷首，「給你幫助一定很大。」
再推開一道門，才看到他的寢室。
驟眼看，如一間小型的物理治療室，光線充沛，儀器整齊。
「你都看見了。」
「是。」
「感覺如何，駭人嗎？」
解語答：「寢室裝修完全看私人需要，比較叫人倒抽一口冷氣的是粉紅色電動圓床。」
杏子斡半晌才輕輕說：「我還是低估了你。」
「讓我們回到書房去吧。」
「當然。」
「你就是在這裏控制整個機構？」
「不，這不過是個通訊站，我每天回公司總部工作兩小時。」
「總部在何處？」解語好奇。

「新加坡。」

原來如此。

解語笑，「相信在意外之前，你未必這樣專心事業。」

「被你猜到了，當年時為一輛新款跑車廢寢忘餐。」

「人一定要受過傷才會沉默專注，無論是心靈或肉體上的創傷，對成長都有益處。」

「你呢，是什麼使你早熟智慧？」

「杏先生，」解語攤攤手，「一個無父無母的孤兒一出生就是某種障殘兒。」

「其實你天天與生母在一起。」

「可是，她一直只認是我姐姐。」

「我還以為你不覺遺憾。」

解語無奈地笑了。

過一刻她問：「十年來，都沒有出去看風景嗎？」

他沒有即時作答。

解語說：「我明天下午起程回家。」

杏子幹說：「我希望可以與你通電話。」

「歡迎之至。」

「我把號碼也給你。」

解語問：「你可以游泳嗎？」

「不行，我的活動範圍只限於頭部。」

「那麼，我們來下棋。」

「我有一副特殊構造象棋。」

解語笑說：「我知道，當你說：士急馬行田！棋子會自動移走。」

「被你猜到了。」

以解語的耐心，沒有什麼人應付不了。

這是外婆說的，有時忙得慌，忘記餵小解語一頓半頓，別的孩子定會大吵大鬧，解語卻不聲不響，跑到廚房看了又看，靜靜等到黃昏。

在最困難的日子裏，很多時候，一頓飯只能給一隻麵包。

解語很記得外婆取了金器到店裏賣的情形。

外婆常常說，金子最好，買進賣出毫無虧損，她堅持相信現金會貶值，房產不可帶着跑，還有，股票只是一疊紙，至靠不住。

解語跟着她吃過苦，因此養成一種旁人沒有的機靈及耐性。

她陪杏子榦下了三盤棋。

他的棋藝不怎麼樣，可是棋品不錯。

下了子從來不後悔，遊戲而已，何必瞎認真，這想法同解語觀點吻合。

她一向無所謂輸贏，故此與她相處的人都覺得舒服。

老金在他們身後咳嗽一聲。

解語會意，笑道：「你梳洗的時間到了。」

自有男看護來推走輪椅。

解語站起來伸個懶腰。

老金連忙說：「我給你去準備點心。」

「這樣舒服，享福是會習慣的。」

「花小姐不如多住一段日子。」
「我要讀書。」
老金笑了，「書中的黃金屋遠比不上這幢別墅，還有花小姐你自己就是顏如玉。」
解語訕笑。
「花小姐是不捨得家人？」
解語不出聲。
「要不要把他們也接來？」
過一刻解語輕輕說：「我姐姐有點麻煩。」
老金笑，「這是美人的特權，花小姐你從來不用也就是了。」
老金怎地會說話。
「我比較熟悉外頭的世界。」
他忽然問：「你聽過桃花源記的故事？」
解語溫和地問：「你怕我再回頭也找不到你們？」

「不不不，我們一定會派飛機來接花小姐，只不過，這世界如此混亂齷齪，有一個地方可以避一避，值得考慮。」

解語非常感慨，老金說得對。

不過，她還是決定明日走。

「花小姐也許需要考慮一些時候。」

「對了。」解語微笑。。

「近十年醫學界正勉力研究脊椎傷患，說不定會有巨大突破。」

解語輕輕說：「我也希望杏先生會得痊癒。」

「他資助多間大學做研究。」

「我會為他禱告。」

老金很高興，「謝謝你花小姐。」

杏子翰要等晚飯時分才出來，他一日內活動時間，只不過三數小時，即使見客，也困在輪椅之上，椅子設備雖然完善，因裝置複雜，不宜在戶外逗留太久。

他們在紫藤花架下看海濤。

「明天，我不送你了。」

「你不必客氣。」

「回到家，你會立刻聽到壞消息。」

解語嚇一跳，「什麼事，可是外婆的健康——」

「不，她很好。」

「我知道了！姐姐的投資終於失敗。」

杏子幹無奈，「觀眾不願入場，毫無辦法。」

要命。

難得他消息如此靈通。

「請把詳情告訴我。」

「上了三次特別場，門可羅雀，戲院方面打算取消正場，聽說她不甘心，堅持一拚。」

「爭這一口氣，要花多少？」

「恐怕要變賣若干產業。」

解語吁出一口氣。

「別擔心，也不是很大的數目。」

「我不願你一而再，再而三地出手。」

「為什麼，你不欲再見到我？」

「不，」解語握着拳頭，「我想與你平起平坐。」

「那是完全不必要的，我根本站不起來。」

解語握着拳低下頭。

解語一夜不寐。

她根本不想再離開這座島嶼。

可是清晨來臨，她又起來了。

行李早已為她收拾好，老金親自打點一切。

那一天上午，杏子幹都沒有出來見她。

臨上車之際，解語忽然聽得有人叫她，轉過頭，抬眼看，只見他站在露台上。

他樣子有點怪，僵硬、不自然，雙手插在外套口袋裏，分明由一座特別構造架子在身後支撐着站立。

解語淚盈於睫。

她奔上去，在與他有一個距離之處站住。

她說：「這是完全沒有必要的。」

杏子幹微笑，「你看，終於與你平起平坐了。」

解語落下淚來，那樣自苦，不過是為着討好她。

「不要怕，許多老年獨裁元首見外賓時用的亦是這套支架。」

解語氣苦，「這不是說笑的時分。」

「解語，順風。」

她伸出手來，輕輕碰了一下他的臉頰，轉身離去。

解語回到家中。

雖然心中有數，看到外婆不住痛哭，也覺心煩意亂。

「真沒想到有一日要賣房子，叫我住到何處去？」

「我不明白這盤爛帳，白白給戲院放映不就完了，何為一天還要賠百多萬？」

「以後日子怎麼過？」

花不語異常不耐煩，冷笑道：「且來看可共富貴不可共患難的實例，還是親生母，如此叫人心寒。」

解語勸道：「外婆是為大家擔心。」

「有這種事？真是新聞，這些年來你們真為我操過心？」

「姐姐，我一直關心你。」

「是嗎，那就不該袖手旁觀囉，你那只剩一個頭的男朋友難道視死不救？」

解語愣住了。

她如頭頂被人淋了一盆冰水。

「你當我不知道？」

解語退後一步。

「你想瞞我到幾時？你吃我穿我住我，我提供你一日三餐，書簿學費，你有了出路居然瞞我？」

解語目定口呆，不知如何應付不語。

「你這樣報答我養育之恩？」

解語跌坐在椅子上。

外婆這時抹乾眼淚，「不語，那是一個癱瘓殘廢不能醫治的病人，你要顧全解語終身幸福才好。」

不語忽然尖聲笑起來，「那，我的幸福呢，為什麼她的幸福那麼可貴？」

外婆嗚咽起來。

電光石火間，解語明白了，這是一場戲。

對白、表情，都夾得這樣天衣無縫，是以劇情雷霆萬鈞。

最慘的是，人物關係完全真實，故此花解語不得不墮入彀中。

解語臉色蒼白。

過很久，她才輕輕說：「他殘而不廢，我很尊重他。」

外婆先吁出一口氣，四肢活動起來，剛才是走台步，現在自由了。

她說：「如果有感情，又另作別論。」

解語不相信耳朵。

都說有種老人心越老越慈，看穿天地萬物，一笑置之，可是另一種老人越老越虔，心態自私，唯我獨尊，她一直以為外婆純是前者，可見是誤會，要緊關頭，人人自危。

到這個時候，解語猶自低着頭，她怕她的目光出賣她，她到此刻尚不想拆穿自幼把她帶大的外婆。

不語戲劇化地揚揚手，「不要再說了，我還得去推延債主。」

她抓起手袋，一陣風似刮走。

外婆哭泣着回房去關上門。

她的眼淚絕對是真的。

每一個女子的生命裏，總有叫她們落淚的往事，只要往回想一想，不難飲泣。

解語沉吟一會，站起來，隔着房門對外婆說：「我出去找朋友想辦法。」

外婆沒有回答。

解語一逕往方玉堂辦公室。

他親自迎出來，滿面笑容：「解語，貴人踏賤地，有何指教？」
解語看着他，「你倒是很清楚我的行蹤。」
方玉堂搓着雙手陪笑，「我是介紹人嘛。」
「是你告訴不語？」
方玉堂直認不諱：「她見你無故出門，前來大興問罪之師。」
「她怎麼知道同你有關？」
「哎呀，解語，你統共才認識幾個人？不難猜到啦。」
解語輕輕坐下，「不語負債纍纍。」
「的確麻煩。」
「喂，你別一個勁兒唱雙簧好不好？」
方玉堂咳嗽一聲，「她叫我幫她放房子。」
解語歎口氣，「外婆的噩夢！」
「總而言之，要害一個人，大可教唆他拍電影、辦報紙，或是搞一本雜誌。」
解語不出聲。

「今年年頭迄今，股票升了百分之四十五，倘若不語投資在市場裏，財產增值不少。」

「還在放馬後炮？你不是想與她重修舊好嗎，這是機會了。」

「解語，你在說的，是一個賭徒的爛攤子。」

解語問：「你見死不救？」

方玉堂笑了，「有你這個妹妹，她怎麼會死？」

解語長長吁出一口氣。

「只要你說一聲，我立刻命人同戲院老闆去談判，把票房刺激一下，虛擬一個數字，開慶功宴，都不是難事。」

解語不出聲。

輪到方玉堂反問：「你不會見死不救吧？」

解語的頭垂得更低。

「我會派婁律師警告花不語，叫她悄悄落台，此事決不可有第三次。」

什麼，已經發生過？

「解語，你不是真相信她製作的第一套電影曾經賣個滿堂紅吧，可憐我公司裏諸職員以及他們每位親友都被逼看三次以上，票根到會計部退還現金。」

解語張大了嘴。

「東南亞及歐美版權由什麼人買下？你到杏府度假時沒看到成籮底片？」

解語頹然。

「我這裏付款給你，單據最終還是到杏子斡手中，我是他的夥伴，只佔四分一股權。」

解語沉吟。

「你想怎麼樣都可以，十八歲了，已有主權，只需同我說一聲。」

解語仍然不響。

方玉堂欲緩和氣氛，「杏子斡是個極富生活情趣的人，殘而不廢，足智多謀。」

解語不由得微笑，「說得好。」

「有無陪他下棋？」

「棋藝不怎麼樣。」

方玉堂大笑，「他近十年幾乎囊括了歐洲所有大獎，他故意扮幼稚園生討好你。」

「何故？」

「他很喜歡你。」

「那又是為什麼？」

方玉堂攤攤手，「解語，我何嘗不喜歡你。」

解語氣鼓鼓，「到這個時候還開什麼玩笑。」

「絕非虛言。」

「他是怎樣受的傷？」

「一個下午，他父親在書房抹自衛手槍，他不幸推門進去，手槍失火，子彈自他左邊頸項射入，自另一邊穿出，傷及脊椎第一節，故從此自頸下癱瘓。」

「可怕。」

「是，但作為他的朋友，又不覺得意外前後有什麼大分別，他思路清晰果斷英明一如從前，慷慨疏爽樂於助人的脾氣絲毫未改，那樣的人，即使四肢失卻活動能力，仍然叫我方某欽佩。」

「說得真好。」

「杏府沒有愁雲陰霧，整個環境是樂觀的、正常的，多年均如此，並非偽裝出來。」

解語頷首。

「不過，作為他的伴侶，當然是另外一回事。」

這時，解語忽然微笑說：「我還好，我尚年輕，肉體需求不十分旺盛。」

方玉堂這個歷年來在男女關係中打滾的人，忽然覺得不好意思，輕輕咳嗽一聲。

書歸正傳，他說：「解語，你需立刻下決心。」

「不能再等幾天了嗎？」

「再拖下去，她的面子會非常難看。」

「我不想顧及這種無謂情緒。」

「解語，為人為到底，送佛送上西。」

解語詫異，「你倒是多情。」

方玉堂無奈，「不然，你以為女子喜歡我什麼？都會中不知多少真正的財主。」

這是真的。

「那，你開始救亡活動吧。」

方玉堂掏出手帕抹了抹汗，可見他也緊張。

「你有條件不妨說出來。」

解語訝異，「我沒有什麼條件。」

「你願意陪伴杏子斡？」

「是，我不介意再到喬治鎮去。」

「下一次會面，可能是在希臘的考芙島。」

「他喜歡海。」解語微笑。

「對了，所以胸襟廣闊。」

看得出方玉堂是真的欣賞他。

「解語，可要搬出來住？」

「外婆需要我。」

「已經撕破了臉，我怕你難堪。」

解語卻笑了，「我有什麼臉？窮家女，找生活，榮辱不計。」

方玉堂為之惻然。

解語站起來告辭。

她與婁思敏律師有約。

到了婁律師事務所，忽覺勞累，見長沙發一張，便躺下來，面孔朝裏。

婁思敏揶揄她：「十八歲就覺得累？四十八歲時你才知道。」

解語歎口氣，「生命沒意義。」

沒料到婁律師居然贊同：「誰說不是。」

解語輕聲問：「我的事，你都知道？」

「是。」直認不諱。

「我的生母，確是花不語？」
「是，尚餘什麼問題？」
「我外婆年輕時做什麼職業？」
「她有個藝名，叫香芍藥。」
啊，這可不是護士教師警察的名字。
「我怎麼不知道？」
「稍遲，她們也許會告訴你。」
「她也是演員？」
「她在舞廳工作。」
「真看不出來。」
「只要她是好外婆，何用計較其他。」
這也是真的，身家清白，仁人君子，滿腹經綸，不愛外孫，又有何用。
「過去之事，已成歷史，也不用理它。」
「我外公呢？」

「拿了一筆錢，到內地去了，據說住在一個親戚家中，已久無音訊。」

啊，花家是女兒國。

而且，是吃盡鹹苦酸苦的女兒。

解語仍然躺在沙發上，精神略為鬆弛。

真沒想到，她的身世，要由一個律師來告訴她。

「如果我有女兒，我會親自將故事告訴她。」

婁律師微笑，「有這個必要嗎，關她什麼事，何必把包袱加諸她身上，試問，又有幾個身世故事是喜劇。」

解語一怔，「這麼說來，她們是為我好？」

「簡直恩重如山，你想知道五十年代舞廳滄桑嗎，抑或，七十年代片場血淚？」

解語看着天花板。

婁思敏溫言道：「你甚至不會想知道我學師過程。」

「替姐姐還了這筆債，人就要到杏子幹那裏去。」

「聽說你對他沒有惡感。」

「你可以說有好感。」

「有些女孩子會害怕。」

「怕什麼。」

婁思敏答：「他全身只有頭顱可以活動。」

解語說：「有手有腳像禽獸的也很多。」

「你能這樣懂事我亦覺寬慰。」

「婁律師，換了是你，你會怎麼做？」

婁律師咳嗽一聲。

「婁律師，你飽讀詩書，貴為專業人士，你會怎麼做？」

婁思敏輕輕說：「許久沒有人問我如此具挑戰性的問題。」

「你的答案是？」

「我是一個實事求是的女子，在這萬惡庸俗的社會打滾已有多年，在一個壞天氣壞情緒的早上，照到鏡子，自覺塵滿面，鬢如霜，我今年四十二，未婚，一生靠自己雙手，十指已磨得見骨。」

解語呆住，沒想到婁思敏會說出這番話來。

解語靜靜聽着。

「如果是我，我會到杏府去，婚後三年，他一半財產屬於我，屆時，愛做什麼都可以通行無阻，解語，世路難行錢作馬。」

解語吃驚。

「沒想到我會這樣說吧。」婁思敏苦笑。

解語點頭。

「我在這間律師行工作已屆八年，自三年前，老闆便答應升我為合夥人，可是他一點誠意也無，一味似貓耍老鼠，到了今年，人前人後表示我對公司已無更新貢獻，想叫我知難而退。」

解語輕輕說：「老闆，都一個樣子。」

「要是我有一筆款子，便可自己創業，可是，此刻我無路可走。」

「我還以為……學問是世界之匙。」

婁思敏哈哈大笑，幾乎沒落下淚來。

過一刻她說：「生活到處一樣腌臢，賣身與賣腦一般悽惶，所不同的是，前者往往能沽得善價。」

解語衝口而出：「太偏激了！」

「那麼，我們不說這種老實話。」

解語如釋重負，「是，是。」

「如果我是你，我會去。」

「謝謝你的忠告。」

解語情願她模棱兩可。

可見給人忠告永遠困難。

她說：「我要杏子斡的財產無用。」

「這也許是他喜歡你的原因。」

「那樣一個病人，其實不能獨自生活。」

「自然，如同嬰兒一樣，事事需要人服侍。」

解語深深歎口氣。

「婁律師，祝我好運。」

「好心的人總有好報。」

解語踱步回家。

剛來得及聽到學校電話：「花解語你何故曠課？」

「家中有事，我已決定輟學。」

「那你得正式來辦理退學手續。」

「一有空我馬上來。」

外婆整張面孔浮腫，聞聲出房，不發一言。

解語最看不得老人及幼兒吃苦。

她笑說：「外婆，問題已經解決，你放心好了。」

外婆狐疑，「你有什麼辦法？」

「噯，」解語笑，「我人面廣，八寶多，你放心，外婆，現在輪到我出面了。」

外婆怔怔地，「這幢房子……」

「明天到婁律師處把房子轉了你名字，那你可放心，沒人可使你無家可歸。」

外婆發愣。

別的人家由長輩買了房子送子女，這一家卻剛剛相反，不過，花家從來不是普通人家。

「真的？」外婆含淚握住解語的手。

「千真萬確。」

這幢公寓讓不語按進按出數次之多，已令外婆心驚膽戰，解語覺得應該由她解救外婆焦慮，她年輕力壯，由她來吃苦好了。

「明天早上九點，婁律師會叫你簽署過戶文件。」

外婆並沒有問解語是何處來的錢，她才管不到那些，她只求自保。

當下她鬆出一大口氣，整個身軀放心地佝僂起來，老態畢露。

片刻，花不語回來了。

她顯然也得到了好消息。

本來緊皺着的五官又放平了，盈盈笑曰：「解語一句話，我又可再世為人。」

解語問：「債主呢？」

「統統找婁律師去了。」

不語扔下手袋，把自己拋到沙發上去。

「唉，」她歎氣，「有錢真好，你便是我救命皇菩薩。」

「姐姐，你變了。」

「不不不，」不語笑說：「我怎麼會變，是你以前沒把我看清楚。」

她根本不在乎解語怎麼看她。

解語已無話可說。

「連我都羨慕你，那位杏先生是如此慷慨——」

「不要再說了。」

解語忽然明白方玉堂叫她搬出去住的原因。

不語聳聳肩，「飛上枝頭了，故此可對家人隨意吆喝。」

解語汗顏，「對不起，」她央求，「我情緒不大穩定。」

「我決定去跟方老闆那日，下大雨，可是我還不是替你辦妥小學入學手續才到他家去，我的情緒沒你的矜貴。」

「對不起。」

「一家人，不用客氣，也只有你幫我，因為從前只有我幫你，記住這一點，大家往後容易過日子。」

解語答：「是。」

「你有的，我也有，我比你早賣，如此而已。」

解語低頭不吭聲。

「別以為你賣得好價就可以作威作福。」

這個時候，解語才聞到不語身上的酒味。

「你真幸福，杏某人只剩一個頭。」

外婆此際忽然說：「夠了，你妹妹已經夠累。」

不語笑，「是，大家都苦，可是神明庇祐，一家子又活了下來，」她怔怔落下眼淚，「是我不好，不該賭這一記，如不，解語還好好在學校裏。」

解語過去握住她的手。

她們倆同時哭了。

那齣戲總共上演了三個星期，每間戲院約有三成觀眾，收入卻過千萬，戲院分到賬，自不追究，花不語光榮下台。

她架上太陽眼鏡，帶着七件行李，到北美洲旅行去了。

所住的房子轉名到老人名下。

外婆簽名時激動得顫巍巍。

從此擺脱威脅，不用擔心流離失所。

一切都是值得的。

花不語當日想必也是這麼想。

婁思敏請解語到她辦公室説幾句話。

「解語，自下月起，我已是本律師行的合夥人。」

解語笑，「恭喜你如願以償，你等了許久，這是你應得的。」

婁思敏凝視解語，「謝謝你。」

「咦，怎麼謝我。」

「是你同杏子幹提過這件事吧。」

解語只是說：「我對法律，一無所知，事事都得請教你。」

婁思敏微笑，「盼望多年，忽然屬實，心情複雜。」

解語笑答：「會習慣的。」

婁思敏輕輕說：「你現在是一個很有財有勢的女子了。」

解語睞睞眼，「我不過是狐假虎威耳。」

她伴外婆回家。

不語外遊，屋裏只剩她們二人，十分寧靜。

解語去辦退學手續。

老師十分惋惜，「讀得這樣好……」

解語只是陪笑。

「我看過你的記錄，真是一波三折，是家庭影響你不能上學嗎？」

「不，是我自願退學。」

「校方可以幫忙嗎？」

「一切屬我自願。」

「受過基本教育的人比較懂得處理生活。」

解語欠欠身，「修讀社會大學，也是一樣的。」

年輕的老師惻然，「那是很辛苦的一件事。」

更年輕的解語感喟：「各人命運不一樣。」

老師無計挽留，只得替她辦理手續。

自學校出來，解語發覺身後仍然跟着男生。

搭訕地問：「花不語是你姐姐？」

解語轉過身來，看着那個穿着白衣白褲校服的小男生。

他雖然幼稚無聊，發育得東歪西倒，五官笨拙，動作愚魯，可是他是一個健康的人，四肢可自然郁動，頸項毋須支撐隨意轉移。

解語歎口氣。

那男生見解語仔細打量他，以為有一線希望，傻笑起來。

可是他還來不及開口，解語已經走過對面馬路去了。

有一部黑色房車在對面馬路等她。

司機立刻下來替她開車門，「花小姐，回家去？」

她點點頭。

車子經過戲院門口，看到拆下來的廣告牌，正是花不語那套戲，一幅幅，這一邊是花不語的眼睛，那邊是花不語的嘴唇，七零八落，堆在一角，預備抬上垃圾車。

不語曾笑說：「真不明白何以那許多名媛，都希望照片登在報紙上，我親眼見過一個阿嬸用海報墊飯枱，把骨頭吐到我彩照的面孔上，相信我，感覺很差。」

解語聽了這話一直畏懼，怕拋頭露面，給閒人評頭品足，然後，放狗的時候拿着的報紙上有她的照片。

「花小姐，到了。」

解語回家。

外婆正在做捐給教會的百衲被，這是一幅溫馨圖畫，小時自學校回來，最喜看到這一幕。

然後，不語的電話來了。

解語問：「好嗎，習慣當地生活嗎？」

「溫埠華人圈子小小，都是熟人，不愁寂寞。」

「那多好。」

「而且個個洗心革面，重新做人，以嶄新姿態出現，既往不咎，用最佳狀態來與老華僑打成一片。」

解語駭笑，「可以嗎？」

「過氣二十年者都被稱為大明星，非常受到尊重。」

「你呢，有否把你當電影皇后？」

「那自然，去到哪裏都不用付賬。」

「且不說這些，實際一點，有無人追求？」

「有。」

「是個怎麼樣的人？」

「人一個，有手有腳。」

話一出口，覺得造次，「我不是那個意思。」

「我知道，我並無多心。」

「他與妻子新近分手，在溫埠做建築生意。」

「那好呀，是名正當生意人。」

「小眉小眼，不習慣。」

「可是場面容易控制。」

「解語，你長大了。」

解語笑，「可不是，小孩變大人，大人變老人。」

倒底血濃於水，一笑泯恩仇。

解語說：「別再回來了，設法落地生根。」

「我知道你們討厭我。」

「誰說的，人生總得邁進新階段，安頓下來，接外婆過去度假，兩邊跑，不亦樂乎。

「你倒是教起我來了。」

「不敢不敢，」解語說：「小小一點意見。」

「我也有此意，錢帶到這邊非常經用，房子與車子都便宜，食物新鮮豐富，適合退休生活。」

十六歲出來為生活掙扎的她很容易看破紅塵。

「一次往東岸探朋友，在飛機上碰見方玉堂。」

世界其實只得一點點大。

「有無交談？」

「有，像老朋友一樣，十分親切，毫無介蒂，我自己也有點吃驚。」

「那多好。」

「解語，自你雙眼看出去，每個人都是好人吧。」

「人人總有為難之處，許多事何必深究。」

不語深深太息。

解語笑，「我倆許久沒有好好聊天了。」

「你來，我招呼你，這幢洋房的海景非常好。」

解語只是笑。

「呵，我忘了，現在你才不稀罕。」

解語說：「我明日動身到新加坡。」

「自己當心。」

「我們再聯絡。」

掛了電話，外婆抬頭問：「是不語吧。」

「正是她。」

「她說溫埠像個避難所，許多人躲在那邊悄悄過新生活。」

解語笑，「終於找到桃花源了。」

「你明日出門？」

「是，婁律師會派人來照顧你。」

「我不用人幫。」

「是一個女孩子，每天來三兩小時，替你打打電話買買東西看看賬單。」

「呵是秘書。」

「時髦點的說法是私人助理。」

外婆頷首，「輪到你來替我打點生活了。」

解語緊緊摟着外婆。

她的記性非常好，回憶到四五歲之際，外婆幫她洗腳洗頭的情況，打一盆水，婆孫坐在小矮櫈上，一邊聊天，一邊潑水。

外婆從來沒有怨言。

那時，不語一定趁着青春在外陪人客應酬。

逼人的，一向是生活。

只要老少的生活被安頓好，榮辱不計。

第二天，解語穿着白襯衫藍布褲乘飛機到新加坡。

這次老金親自來接她。

「杏先生好嗎。」

「一早就催我們做這個做那個，知道你要來，緊張得不得了。」

解語笑，「好像不怕我來了不走。」

老金伸長了脖子，「你肯嗎，花小姐，你肯嗎？」

解語說：「我就是要與他商量這件事。」

老金一愣，滿面笑容，忽然之間，笑容未逝，流下淚來。

解語頷首揶揄，「果然那麼大一個人，聽見我可能不走，就嚇得哭了。」

老金啼笑皆非，咧開了嘴，合不攏。

兩人上了車，往市中心駛去。

杏宅在一間大廈頂樓。

私人電梯門一打開，就看見杏子斡坐在輪椅上等。

解語立刻笑着迎上去。

杏子斡歡喜得不知說什麼才好，過一刻才說：「解語你穿白襯衫藍褲子最好看。」

解語笑着同老金說：「這是否暗示我節省服裝費？」

老金笑得用手帕拭眼角，「花小姐談笑風生。」

自有傭人斟上香茗。

每一所杏宅都像建築文摘中的示範單位。

杏子翰告訴她：「剛與羅斯齊男爵開完會。」

解語笑：「這些人我一個都不認識，你不用跟我說。」

「我想在你面前建立聲威。」

「唬人。」

杏子翰笑了。

解語蹲下來，握住他的手。

他整條手臂沒有生命力氣，沉重、呆木，似一塊橡膠，可是，隔一會兒，她發覺手臂是溫暖的，那肌膚裏照樣流着血液，那只是一條沉睡的手臂。

將來引擎有機會重新開動，手臂會自由活動。

可是目前還不能夠！

解語不想杏子翰知道她想得那麼多，把輪椅推到客廳去。

她站在長窗前看風景。

「你每個住宅都佔盡優勢，景色如畫。」

「我所能用的，也只有眼睛罷了。」他感喟。

解語的秀色可餐。

「巴黎的寓所更美？」

「你要是願意的話，明天就可以出發。」

「那太累了。」

「大家都怕我辛苦。」

「你別多心，我老聽姐姐説，廿五歲後至怕搭長途飛機，巴不得四肢可以摺疊起來。」

這個時候忽然有秘書前來與杏子斡輕輕説了幾句話。

他抬起頭來，「解語請饒恕我，我得去聽一個電話。」

他進書房去了。

解語看着他背影。

幸虧那麼忙，否則早上不知起來幹什麼。

老金在她身後問：「花小姐，你會留下來嗎？」

解語微笑。

老金即時道歉，「我太急進了。」

解語進房去梳洗。

那是特地為少女設計的寢室，所有裝修，用一種淺得粗心人以為是白色的淡紫。

茶几上放着一盤貝殼，門外漢都看得出是十分完整及名貴的品種，一隻黃金寶貝足有手掌大小，另一隻玫瑰骨螺一條刺也不少。

解語和衣躺在床上。

她已經沒有家了。

她能把杏宅當她的家嗎。

此刻她不過是一個客人，一點保障也無。

所以非結婚不可，萬一不能夠，身邊至少要有點私蓄。

一個管理科大學畢業生此刻年薪不過廿餘萬，天天穿妥西裝打好領帶朝九晚六那樣勤奮上班，除卻車錢飯錢所餘無幾還得考慮組織家庭。

那些人在今日來説無論如何不是她的對象。

有人敲房門。

「進來。」

「輪椅太太，進不來。」

解語連忙去開門。

杏子斡説：「看到你真好。」

「我也是。」

老金卻如影附形那樣跟來，「醫生找你呢。」

杏子斡頹然，「討厭。」

像幼兒被強逼午睡那樣。

解語呵呵大笑起來。

傍晚，她換上一件色樣簡單的禮服。

老金看到她讚美說：「花小姐人如其名。」

「老金我懷疑你是文人出身。」

老金笑了。

杏子翰則說：「解語只需略事妝扮。」

她坐下來喝一口香檳，「你必須明白所有姿色三五七載之後必定遜色。」

杏子翰一怔。

「而世上沒有什麼堪稱永遠。」

解語聲音裏有着十分早熟的滄桑悽惶。

「所以，如果這段關係只屬短暫，請告訴我。」

杏子翰愣住，英明聰慧的他突然領悟到花解語要求的是若干保障。

他凝視解語。

解語毫無懼意，與他深湛的目光接觸。

他終於開口：「解語，要是你願意，我們可以結婚，你可分享我的財產。」

解語微笑，「那太過慷慨了。」

「我會作出適當安排，令你高枕無憂。」

解語輕聲說：「我抱歉我不得不作出若干要求，我是一個孤兒，在世上一無所有。」

「我明白。」

「謝謝你。」

「請在我外套左邊口袋裏取出一隻小盒子。」

解語輕輕走過去，輕輕探手入袋，取出盒子。

一看就知道盒子裏裝的是一枚指環。

打開一看，果然是隻藍寶石訂婚指環，鑲工精緻，那寶石顏色如海水一般清晰明艷。

「請接受我求婚。」

解語低聲說：「我恐怕我缺乏熱情。」

杏子斡忽然笑了，「即使有，我亦無福消受。」

解語忍不住笑，然後，她悄悄落下淚來。

「你只要如今日般陪伴我就很好。」
解語頷首。
「明日我會在全球英語報章上發佈簡單的訂婚啟事。」
解語說：「我無異見。」
杏子翰歎一口氣，「日後，你若覺得不滿，可自由離去。」
「我明白。」
「律師明朝會拿若干文件給你簽署。」
解語喝盡了手中香檳。
她一直納罕他們與她們之間是怎麼談的條件，現在她知道了，同洽商所有生意一樣，冷靜誠懇地，攤開來講。
解語把戒指戴在左手無名指上。
老金推門進來替他們斟酒。
「恭喜你花小姐，恭喜你，杏先生。」
他滿面笑容，他可不理花解語是真情抑或假意，這個忠僕只是高興主人終於覓得他的紅顏知己。

解語站在露台上深呼吸一下。

「夜間清涼，天氣並不如想像中燠熱。」

天空忽然電光霍霍，接着忽辣辣一個雷下來，解語嚇一跳退後，她轉過頭去，發覺杏子斡的輪椅已經不在。

她追出去，看到輪椅在走廊中。

「子斡。」她叫住他。

他聞聲停住。

她走過去，「這是你第一次生我的氣。」

他卻否認，「我才沒有。」

「你為何不聲不響地走開？」

他微笑辯曰：「輪椅控制器出了毛病。」

解語溫和地說：「原來如此。」

她把住輪椅扶手，不讓他走。

「我有點累。」

解語問：「是因為我的緣故？」

「永不。」

「這個答案使我安心。」

「晚安。」

「明天見。」

最難一關已經過去，就像成千上萬的求職人士，第一件事是講妥酬勞。

然後，才誠心誠意為老闆服務。

解語睡着了。

她記得姐姐也睡得着。

有時，脫下來的白色晚禮服腰位上有明顯的手指印，解語真不明白那些人的手為何那樣髒。

第二天，女僕前來喚醒她：「花小姐，律師已經在會客室等候。」

「我馬上來。」

十五分鐘後她在會客室見到婁思敏。
這對解語來說真是意外之喜。
婁思敏笑說：「我特來代表你。」
杏子幹進來了，解語立刻過去握住他的手。
雙方律師談論細節，解決疑點，很快得到共識。
然後輪到杏子幹與花解語簽署。
這時，婁思敏忽然說：「我想與我當事人說幾句話。」
「請便。」
婁律師與解語去到會客室。
她先抬起頭打量牆壁，「有無監視系統？」
解語不禁笑出來，「他不是那樣的人。」
婁思敏點頭，「聽見你這樣說真是高興。」
「你要同我說什麼？」
「合約上全是財產過戶事宜，並無條款提及何時結婚，你有自由及自主。」

解語又笑了，「我不是那樣的人。」

婁思敏說：「解語，你很勇敢。」

「謝謝你。」

「你準備接受他的饋贈？」

「我很想有一個自己的家。」

「你可能有更好的機會。」

解語微笑，「可能有，可能不，我性格比較穩紮穩打。」

「那麼，出來簽名吧。」

杏子斡耐心地等候。

先待解語簽了，他才蓋上指模。

婁思敏這時才笑着說：「解語，你姐姐下個月結婚，希望你去觀禮。」

解語張大嘴，十分錯愕。

人生如戲。

花不語貫徹始終。

然後，解語臉上泛起一絲會心微笑。

只聽得杏子斡笑問：「有無請我？」

「有，帖子在這裏。」

「我願意觀禮。」

解語笑道：「我得過去幫她辦嫁妝。」

妻思敏也笑，「你不問她嫁的是誰？」

那不過是一個歸宿，誰不一樣，「對，誰？」

「你姐夫叫高志尚。」

「噯，好名字。」

「他是一名殷實建築商人，人品不錯，經濟情況也過得去。」

解語有點激動，不語要結婚了。

曾經有段日子，大約是廿四至廿七歲左右，她最渴望有個歸宿，一天到晚沮喪地抱怨青春將逝，一點保障也無，老是希望方玉堂有所表示。

無奈方玉堂這人有點賤格，不去體貼女友心事，她越是想，他越是拖延冷淡，不讓她得償所願，彷彿藉之要脅。

再過幾年，不語忽然丟下此事，不再理會。

沒想到今日水到渠成。

解語忽然問：「還打算生孩子嗎？」

「看樣子會的，不然何用註冊結婚。」

「外婆怎麼說？」

「非常高興，說是一生中最好的消息。」

解語也覺得喜氣洋洋。

花不語立定心思要做一個家庭主婦，她一定會落力演出，這種角色不難做，她會稱職。

律師們告辭。

解語笑道：「巴不得立刻飛到姐姐身邊。」

杏子斡卻輕輕說：「別去太久。」

解語溫柔地答：「講講而已，她哪裏需要我，我還去剝花生？帖子都叫婁律師交給我。」

杏子榦放下心來。

現在，侍候他才是她的主要任務。

杏子榦問：「不語最希望得什麼禮物？」

「她同我說，少年時想擁有一雙溜冰鞋。」

「呵，之後呢？」

「體貼的丈夫，聽話的孩子。」

杏子榦笑，「還有呢？」

「名成利就，揚眉吐氣。」

「她都一一做到了。」

解語感慨，「由此可知，一個人所可依靠的，不外是他的雙手。」

杏子榦說：「你真是她一條手臂。」

解語一怔，「不不。」她搖着手，「我自顧不暇……」

是不語養活她。

半夜三更拖着疲倦身軀自片場回來，坐在化妝鏡前卸妝，那殘妝抹來抹去猶自留着顏色的渣滓，解語如果未睡，一定幫姐姐按摩肩膀。

那其實並不是她的姐姐。

解語吁出一口氣。

「那我們該送什麼禮？」

「她隨時可以用得着的東西。」

「那送現金。」

「好像不夠尊重。」

杏子斡笑了，到底還是年輕，世上還有什麼比現金更尊貴的物件。

「那麼，由你定奪吧。」

杏子斡因為解語的緣故，得以閒話家常，這是一種罕有的額外享受。

第二天，解語在理髮店，聽到身後有兩位女士在交談。

「你看，這花不語要結婚了。」

解語一怔，不語顯然已對記者宣佈此事。

「還嫁得出去，真是稀奇，已是四十年舊爛貨一件。」

「對方當是寶貝。」

「你看，多有辦法。」

「女人是要有點名氣是不是。」

「著名爛貨一件……男人至吃這一套。」

「新的時候哪裏輪得到這種小生意人。」

常人對名人從無好評。

常人自踐踏名人的名聲中得到至大快感，是故常人非常願意捧一些人成為名人，而名人主要用途便是被常人洩忿。

解語聽了這等評語並不覺得十分難過，自由世界，言論自由，做名人總得付出代價，這種歪論理它多餘。

她可以請專人到家中理髮，可是，那樣做會完完全全同世界脱節，沒有必要作如此犧牲。

解語離開理髮店，看到杏府車子正朝她駛來。

她剛想迎上去，身邊有人叫她：「花小姐。」

解語抬起頭。

這時她仍然穿着白襯衫藍布褲，清純一如昔日，而杏子幹亦從未要求她作出任何改變。

對方是一打扮入時的中年婦女，戴着一頂有面紗的帽子，一時看不清楚容貌。

「哪一位？」

「我姝朱。」

解語一向喜歡這個姓字，朱是紅色，紅是全體顏色中最美的一種。

「朱女士，有什麼事？」

「我想與花小姐說幾句話。」

這時，杏宅的司機已經警惕地下車來。

解語因說：「我有事趕着回去。」不想與陌生人多說。

可是那位女士輕輕拉住解語的袖子，「我是子幹的母親。」

解語一聽此話，愣住了，她立刻同司機說：「我碰到老朋友，去喝杯茶，廿分鐘後你仍在此處等我。」

司機只得退下。

解語對朱女士說：「我們去附近坐下。」

坐定了，解語才看清楚她的臉容。

解語迅速作出以下結論：這位朱女士，年輕之際絕對比今日的花解語漂亮，而花解語在老了之後，卻絕對沒有今日的朱女士好看。

解語不由得問：「這些年來，你在何處？」

朱女士苦澀地答：「我被逐出杏家，永遠不能進門。」

「為什麼？」解語震驚。

朱女士低下頭。

「對不起，我冒昧了。」

她勇敢地抬起頭來，微笑，「你就是我媳婦？」

解語但笑不語。

「太好了，我真為子幹高興。」

「我有許多缺點。」
朱女士握着她的手，「子幹有你作伴，當不愁寂寞。」
「這些年來，子幹一定想念你。」
朱女士又低下頭。
隔一會說：「我在報上讀你們訂婚消息，故前來相認，沒把你嚇一跳吧。」
「我膽子極大。」
朱女士笑了。
她倆沉默了一會兒，解語一直陪着笑，心中有許多疑團，可是朱女士不說，她也不會問。
「別告訴子幹，我倆見過面。」
「為什麼？」
「他痛恨我。」
「沒有這樣的事，必定是誤會，他不恨任何人。」
朱女士抬起頭來，牽一牽嘴角，像是笑，可是更像在飲泣，她說：「他受傷乃因我。」

解語張大了嘴。

她的震驚非筆墨所能形容。

過了相當長一段時間，解語不置信地，用極低的聲音問：

「他從一個健康的年輕人，變得面目全非，是因為你的原故？」

朱女士點點頭。

解語忿慨莫名，「那天，開槍的人，是你？」

朱女士面色蒼白，抬起頭來，「不，」她像是一早決定，要把這件事說出來，釋放她自己，「開槍的不是我，可是吃子彈的人卻本應是我，子幹飛身撲上，替我擋了這一槍。」

解語渾身僵硬，四肢未能動彈。

她覺得有點暈眩，而且，眼前有金星飛舞。

她深深吸一口氣。

朱女士開始飲泣，她揹着這個罪惡包袱已有多年，她的痛苦好比一個汪洋，永遠澎湃起伏，她的傷疤，永遠不會癒合。

她一闔上眼，便會看到今日的杏子斡，他的傷勢，由她一手造成。

解語茫然，「為什麼，你們是他的父母，為什麼？」

朱女士吐出一口氣，「我不貞，他要射殺我。」

解語聽了此言，更覺悽惶悲涼，「可是，那是你倆之間之事，何故禍延子斡？」

朱女士不能回答。

這時，杏府的司機輕輕走近，看到解語，放下心來，又悄悄退出。

大錯已經鑄成，無人可以回頭。

「你為什麼把這些都告訴我？」

「你將成為杏家媳婦，我想你應該知道。」

解語歎口氣，「是，你說得對。」

她語氣漸漸平靜，「你放心，你以後都不會再見到我。」

「不不，我沒有這個意思。」

「我沒有希企任何人的原宥。」

她站起來。

解語伸手去扶她。

「我由衷祝你們幸福。」

解語不知如何回答。

朱女士伸出手，愛惜地摸了摸解語的鬢腳，「再見。」

她轉身離去。

解語要過一會兒才想起付賬。

司機見她出來，連忙把車子駛近。

遲些，他向老金報告：「不知那位太太是誰，花小姐顯然不認識她，可是談了半小時之後，花小姐憔悴失色，像是受到驚嚇，並且臉上有淚痕。」

解語到了家，才發覺膝頭有點軟，關節不聽話。

這個時候才知道，剛才那個消息，對她來說，是何等震撼。

一進門便發現客廳一片淩亂，傢具翻倒在地，擺設一塌糊塗，像是有一匹馬闖進屋內，破壞了佈置。

解語驚上加驚。

她問女僕：「這是怎麼一回事？」

老金垂頭喪氣在她身後出現。

「怎麼會這樣子？」

老金的嘴巴張開又合攏。

「有事不准瞞我！」

「是，花小姐。」

「說呀。」

「杏先生發脾氣，開足輪椅馬力，橫衝直撞，他，唉。」

解語聽了，反而放下心來。

她聲音放輕，「他在哪裏？」

「在書房裏。」

解語朝書房門走去，敲兩下。

對方像是不相信有人會那樣大膽來騷擾他。
他的聲音是不置信的咆哮：「誰？」
解語推門進去。
書房比客廳更亂，一整個書架子半斜傾跌在書桌上。
電腦線路被扯出，零件散佈地上。
解語只裝作看不見，走近他，仔細端詳他的臉，「真沒想到有人那麼壞脾氣。」
不知怎地，他看到解語，氣已經消了一半。
解語坐下來，輕輕說：「有什麼事不順心，儘管說出來，何必嚇唬老金。」
杏子幹不語。
「告訴我，是什麼事，看我懂不懂。」
杏子幹仍然不出聲，但面色漸漸平和。
「告訴我。」
「你看他們同我穿的這雙襪子。」

解語一看，只見是雙深藍襪子，沒什麼不妥。
果然，他沮喪低下頭，「我真希望可以自己穿襪子。」原來如此。
解語為之惻然，蹲下來，把他雙臂輕輕扶好。
「從今天起，我幫你挑襪子，別叫那些粗心大意的人讓你不高興。」
「解語，」他忽然飲泣，「我是一個廢人。」
解語摟住他，把臉靠在他胸口，溫柔地說：「是嗎，你真那麼想，那麼，你打算如何照顧我？」
杏子斡不知怎樣回答。
「訂婚啟事刊在全球英文報章上，通世界親友都已看到，賀卡賀禮接着湧至，後悔已經太遲。」
「你後悔嗎？」
解語笑吟吟，「當然不，否則，發脾氣的人會是我。」
「你是我生命中天使。」
「那是老金，我只是你的未婚妻。」

「你真滑稽，解語。」

「你看這年頭，老實話竟變得可笑。」

杏子斡笑。

解語把輪椅推出書房，門口有護理人員在等。

老金一見東家，頓時鬆下一口氣，感激地看着解語。

杏子斡一出去，解語已經累得倒在沙發上，疲態畢露。

「花小姐，我給你準備咖啡。」

「用牛奶沖，一大杯。」

傭人紛紛出來收拾。

「幸虧有你，花小姐。」

解語攢着眉尖，「老金，剛才，我見到了從前的杏太太。」

老金睜大了雙眼，即時明白這年輕女子何以忽然憔悴，他苦笑起來。

「這是何等樣的悲劇。」

老金不能置評。

「你說，這家人是否受過詛咒？」
老金忽然大膽地說：「花小姐，也許，你便是那個解咒的人。」
「除非他會好起來，你說，這有可能嗎？」
老金忽然鼓起勇氣說：「有一絲生機。」
「你說什麼？」
「有一項醫學上實驗，可予脊椎嚴重受創病人一線生機。」
解語霍一聲轉過頭來，「可望恢復到什麼地步？」
「腰部以上或許可作有限度運動。」
「啊。」
「可是上兩名願作實驗病人均未能離開手術室。」
原來如此。
「以後別提此事。」
「今日，醫生報告，他雙腿肌肉有壞死現象，需加緊治療。」
解語低頭，她早知與襪子無關。

「因此心情大壞，我便想，如果能夠勸服他再做手術，也許亦是好事。」
「我不會左右他的想法。」
老金無奈。
「不過，有機會可以與那組醫生談談。」
花不語結婚了。
解語早到一日，意外地發覺不語胖了一點，心情開揚，並且，不打算鋪張。
解語不動聲色。
她住在杏子斡山上的房子裏，一名叫玫麗的秘書立刻來向她報到。
她這樣說：「我想給姐姐一個意外驚喜。」
「花小姐，我們還有多少時間？」
「連今日下午，還有三十六小時。」
那年輕女子笑笑，「沒問題。」
「你知道該做什麼？」
玫麗笑，「我沒有結過婚，不過，此地有婚禮專家。」

「好極了。」

解語問姐姐：「為何這樣低調樸素？」

「高志尚不過是一個小小生意人，我的私蓄所餘無幾，想留着以後過日子。」

「方玉堂知道你結婚嗎？」

「他看到報紙，送了禮來。」

「送什麼？」

「本地傢具店十萬元禮券。」

「那多實際。」

「是，十分慷慨。」

「你沒有給他帖子？」

「對不起，我已不想做戲。」

「我替你籌備這婚禮好不好？」

「你？」

「是，現在我比較有能力。」

「解語，這——」

「你放心，保證恰如其份，不會誇張，不會難堪。」

不語淚盈於睫。

解語也有點哽咽。

「解語，我有話跟你說。」

解語全神貫注，以為不語會在這一刻說出真相。

她躊躇良久，解語越來越緊張。

終於不語說：「解語，你愈發漂亮了。」

解語當然失望。

可是轉頭一想，也好，凡是當事人否認的，統統是謠言，她不承認，也就不是事實。

已經過了十八年，大可繼續再過十八年。

解語微笑，「一切有專人負責。」

話甫出口，玫麗已帶着人上來。

禮服公司攜來一襲奶油色軟緞婚服，不語一看就被吸引，輕輕走過去，伸手去撫摸料子。

解語知道她做對了。

不語一改挑剔常態，什麼都說好好好，讚不絕口。

高志尚亦欣然接受新主意。

「這回幾個同事與朋友可大飽口腹。」

請客菜單上有小龍蝦及香檳。

不語終於問：「他會來嗎？」

解語笑，「他已經在這裏了，不然，我怎麼差得動那許多人。」

這是真的。

解語打開送來的首飾，「姐姐，這一款式你看看。」

是渾圓的淡金色珍珠項鏈耳環指環手鐲一套。

不語感動地戴上。

在場諸人均讚歎不已。

金珠含蓄晶瑩的光華映到不語臉上，她面孔從新有了光彩。

他們自冰箱取出玉簪花球給不語看。

不語落下淚來。

解語遞手帕給她，一邊咕噥：「天花板掉下灰塵濛了眼。」

那是一個美麗的婚禮。

正規地在教堂中舉行，親友出乎意料之外的多，大部份是高家那邊的人，同事佔多數。

打扮過的花不語仍比常女漂亮十倍，所有在場的孩子們都樂意與她合照留念。

解語十分高興。

然後，杏子斡到了。

老金推着他的輪椅進來。

北美洲的設施先進，大部份公眾場所都有輪椅通道，他與解語坐在前排。

解語一直握着他的手。

他輕輕同解語說：「從這裏看去，不語同你真相像。」

解語笑，「她比較鮮活。」

「我卻喜歡你端莊。」

解語感慨，「我希望不語以後毋須流淚。」

杏子斡納罕，「可是，女子與眼淚永遠有無可分割的關係。」

「胡說。」

杏子斡微笑。

接着，解語輕輕歎口氣。

禮成後，不語過來與杏子斡握手。

杏子斡向高志尚自我介紹，並命老金送上賀禮。

解語在一角冷眼旁觀，方玉堂說得對，做他朋友或生意上伙伴，真不覺得他是個殘疾人。

高志尚立刻與他投機地談起來。

不語輕輕說：「這不是風涼語！杏子斡真叫人欽佩敬愛。」

解語微笑，「他也有軟弱的時候。」

「晚上請客你會來吧。」

「當然，是我點的菜呢，可惜外婆不願來。」

「到了這個時候，我才知道她並不以我們為榮。」

解語微笑，「你太多心了。」

「嫁高君比嫁方氏好吧。」

「那當然，如果不是越嫁越好，嫁來作甚。」

不語問：「杏子斡送的是什麼？」

「一張車行禮券，送你兩部車，一部兩座位，一部家庭車，在娘家開了一輩子德國車，沒理由現在用日本貨。」

不語低頭。

「來，帶我去看你那海景房子。」

「叫你見笑了。」

語氣前所未有地客氣。

即使是一家人，血濃於水，也非常現實。
解語問杏子幹，「晚上你可方便出來？」
「我可以到十分鐘。」
已經很好。
解語與他共進退。
他說：「你大可留到完場。」
「沒有必要。」
不語追出來，把首飾盒子還給解語。
「這是送給你的。」
「啊，謝謝，謝謝。」
她擁抱不語。
不語說：「我已懷孕。」
解語驚喜。
「預產期在明年夏季。」

「太好了，恭喜恭喜。」

老金輕輕走近，那即是催她。

上了車，解語感慨地說：「難怪外婆不肯來，女兒結婚，女兒的女兒籌備婚禮，女兒同她女兒說，她又懷孕，這是我妹妹還是弟弟，抑或，是外甥？」

杏子翰笑答：「我沒你想得那麼複雜，我只知道，這是一個溫馨的婚禮。」

解語聽了又高興起來，「你說得對。」

山上的大宅靜得有回音，半夜起來，耳朵嗡嗡作響，解語發覺有燈光，輕輕走近書房。

她聽見他們主僕在談話。

杏子翰說：「叫人照顧高志尚的生意。」

老金答：「是。」

解語好生感激。

「史丹福醫學院怎麼說？」

「約百分五機會。」

杏子斡歎口氣，「太玄了，我只知道，百分之五十機會都靠不住，不信你放兩雙襪子在抽屜裏摸摸看，保證要黑的會拿到白的，或是剛相反。」

解語站在黑暗裏一聲不響。

「杏先生請早點休息。」

老金推着他的輪椅出來。

客廳寬且深，他們沒看見解語。

解語斟了水，一直坐到天亮。

天濛亮，她輕輕走到杏子斡的房門前，旋動門鈕，門並沒有上鎖。

她靜悄悄推開了門。

杏子斡躺在床上。

那並不是一張普通的床，床的四周圍放着儀器、管子、線路，他這一部份時間得倚賴維生機器。

坐着的護理人員一見解語立刻輕輕站起來。

解語示意他不要出聲。

解語走近床邊。

杏子斡沉睡的臉如蠟像一樣。

一隻手臂擱在床邊，解語輕輕把它送回去。

皮膚的觸覺雖然存在，可是訊息不能通往腦部，神經因而中斷，也就沒有感覺。

解語看着他良久。

她與這個人已有感情，內心為他的命運炙痛。

她站了很久，才抬起頭來。

男看護把手放在身後，一聲不響。

她朝他點點頭。

她離開房間。

希臘神話中賽姬夜探丘比德寢室，燭光下發現他是一個美男子，滿心歡喜，可是燭蠟滴在情人臉上，他驚醒，恨賽姬沒有遵守諾言，一怒而去，永不見面。

被杏子斡知道她見過熟睡中的他，後果又會如何呢。

早班傭人已在準備早餐。

解語一進廚房，即有人前來招呼，笑問：「花小姐起得好早，可要在飯廳進食？」

「不用，我在這裏吃。」

新鮮出爐的牛角麵包、現磨的咖啡，解語大吃起來。

美味的食物可化解心中怨忿，吃飽飽，情緒好轉，就是食療。

許多失戀的人先是瘦，後來胖至不可收拾，可能就是這個道理。

稍後，老金出來，找到解語。

他有點焦慮，「花小姐你適才去看過杏先生？」

解語微微笑，「花小姐是杏先生的未婚妻。」

「是，花小姐。」

解語說：「我想，反正已經在北美洲，也許應該到醫學院去聽聽最新報告。」

老金答：「是。」語氣聽得出十分歡喜。

「一會，我會同他說。」
「說什麼？」
一轉頭，看到杏子斡坐在輪椅上。
「老金，你鬼鬼祟祟纏住花小姐說些什麼？」
解語微笑，「我一吃半打牛角麵包他怕廚房不能應付。」
「不會是說這些吧。」
「我想跟你到史丹福醫學院去探消息。」
杏子斡沉默一會兒，然後說：「老金，你恁地多事！」
老金額角冒汗。
「是我逼着他說出因由。」
杏子斡想了一會兒，「我世上只有你們一親一友，明日出發到加州去吧。」
那天下午，杏子斡關在書房中，解語推門進去，發覺他在看電視錄影帶，那是他從前一套生活記錄片，年輕的他正在草地上踢球。
解語溫和地說：「過去的事不必留戀。」

他不出聲。

熒幕上的他贏了球，幾個美麗的金髮女郎一擁而上，親吻他。

解語笑說：「不怕我妒忌？」啪一聲關掉錄影機。

杏子斡十分訝異，這個女孩子真的做起主人來，她為所欲為，隨意闖入他的活動範圍，騷擾他生活程序，恣意發表意見……

可是，他卻沒有生氣。

「過來。」

解語笑笑，「説請。」

「請過來。」

解語緩緩走近。

「你會妒忌嗎？」

「其實不。」

「因為無所謂？」

「不，因我天性大方可愛。」

杏子斡還是笑了，只有她使他暫時忘記痛苦。

除此之外，只有工作。

「我給你看一件最新添置的工具。」

「在什麼地方？」

「在桌子上，請替我戴在頭頂。」

解語找到一具頭箍，它一側鑲有小型單筒望遠鏡。

她替他戴上。

他轉過輪椅來，看牢電腦熒幕，熒幕忽然活動起來，記錄像書本似一頁一頁翻過。

解語童心大發，「你用眼睛控制電腦？」

「是，」杏子斡答：「這副紅外線機器原本是美國國防部的武器裝置：直升機師雙手駕駛飛機，於是只用眼睛瞄準目標，目光落在何處，炮彈便朝何處射出，不必動手。」

解語說：「嘩，為眼睛放飛箭下了新定義。」

杏子斡一怔，笑得差點沒落下淚來。

解語看着他。

「唉，解語，你真可愛。」

「是，因為我幼稚淺薄，說話奇趣，像大人聽了幼兒言語，你嘖嘖稱奇。」

「你又多心了。」

「兩個那樣多心的人居然相處得這樣好，真正難得。」

「因為你心思更縝密之故。」

「你聽過瞎子與跛子的故事嗎？」

「給些提示。」

「一個瞎子與一個跛子逃難，一個看不見，一個走不動，大禍臨頭，終於被他們想到一個辦法。」

「呵是，由瞎子揹着跛子走，他做他的腳，他做他的眼，結果逃出生天。」

「是，我同你，也如此。」

「胡說，你並無殘廢。」

「那是因為你救了我，否則，我不知道淪落何處。」

「同我一起生活，也不容易。」

「我還有一個故事。」

「我喜歡聽你說故事。」

「大發明家愛迪生少年時耳朵就聾掉了。」

「嗯。」

「他向愛人求婚，輕輕在她手腕上打出摩斯電報密碼。」

「呵，我不知道這件事。」

「對方也用摩斯密碼回覆。」

杏子幹不語。

「生活，從來不容易。」

杏子幹微笑，「確是一個勵志故事。」

解語過去握住他的手。

「假使我決定再做手術，也不過想握住你的手。」

「我的手並非你想像中那樣柔軟美好。」
「這好比同小孩說巧克力無益處會壞牙一樣。」
解語不再辯駁。
第二天大早，她去探訪不語，不語與高志尚正預備出發度蜜月。
不語說：「時常來看我們。」
「一知胎兒性別立刻通知我。」
「是。」
「一有孩子名字也立刻通知我。」
「知道了。」
解語感慨，「希望是男丁，做男人總比做女人容易。」
「你真的那樣想？」
「事實勝於雄辯。」
「可是，女子總有翻身機會，世上男丐比女丐多。」
解語嗤一聲笑起來。

「如果真覺痛苦，請即刻離開他。」

解語搖搖頭，「我很愛這個人。」

「真的？」對不語來說，這是不可能之事。

「是，他的魅力絲毫不損，他的人格完整無缺，而且，他對我好，他尊我為女人。」

不語不出聲，半晌，她黯然說：「也許，這是你的命運。」

「姐妹倆都找到歸宿，為何還愁眉百結？」

「為什麼大家都有種慷慨就義的感覺？」

解語笑出來，「你有嗎，看不出來。」

他們飛往美屬處女島去了。

杏子斡問解語，「她還快樂嗎？」

解語點點頭，「她立定心思開開心心做人，沒有辦不到之理。」

天堂地獄，不過一念之差。

健康沒問題，三餐一宿又有着落，為什麼要不開心。

他們起程去加州看醫生。

杏子翰笑道：「我事先要警告你，你將要看到的錄影帶、照片，或實況，可能使你絕對不安，你得有所取捨。」

解語答：「我不怕血。」

「有些情況很可怕噁心。」

「我可以接受。」

「你膽子那麼大，真無恐懼？」

當然有。

怕病，怕老，怕吃苦，怕社會上的蟑螂老鼠，怕人生的無常，怕動盪的社會。

她深深歎口氣。

誰會怕一點點血。

杏子翰是杏氏實驗室的成立人，該處經費本來由他一人負責，因為研究成績超卓，現在開銷由大學與他一人一半。

幾位博士早接到通知，很愉快地迎出來招待他們，並且報告最新情況。

醫生口中一切病情只是科學例子，無論多血肉模糊慘不忍睹都是一項事實，人體切開，皮膚之內就是這些器官。

他們談笑風生，講解治療過程，把醫治脊椎說得似修理一具電話似。

「就像折斷電線桿，只需把桿子扶起，拉好電線，接駁到總部，此刻，我們已找到理想桿部材料。」

解語一聲不響靜靜聆聽。

「請來參觀。」

他們均換上白袍戴上帽子手套口罩。

實驗室內空氣有點冷冽。

解語看到奇景。

一向冷靜的她不禁後退一步。

一位教授非常高興地說：「我們已成功地培植了軟骨組織。」

解語睜大雙眼，她看到玻璃箱成群老鼠，老鼠已相當大隻，可是如幼鼠般無毛，粉紅色，非常難看。

這還不止，在老鼠背部，長着一大團一大團不屬於老鼠肢體的附件，看仔細了，發覺是人類的耳朵及鼻子。

只聽得推輪椅的老金噫地一聲。

「軟骨組織由老鼠負責供給營養，直至成熟，可割下移殖到人體上。」

解語吞下一口涎沫。

杏子斡笑道：「我們還是先出去吧。」

解語如釋重負，她輕輕在杏子斡耳邊說，「我知道跟着你會增長見聞，可是這種知識實在太過驚人。」

醫生們聽見，都笑出來。

「至於神經線的移殖——」

杏子斡連忙說：「給我一個人知道就可以了。」

整個會議居然輕鬆起來。

「最困難的，當然還是接駁問題。」

一隻背上長着人類耳朵的老鼠走到玻璃前，用綠油油、鬼火般的眼睛看着解語。

解語渾身爬起雞皮疙瘩。

老金重重喘息一聲。

杏子翰轉頭說：「我與這班科學怪人在此多逗留一會兒，解語，你與老金出外喝杯咖啡。」

他真體貼。

二人退出。

解語說：「我太窩囊了。」

「誰會怪你。」

「科學實驗真正恐怖。」

「可是那些獲得新耳朵新鼻子的病人會感恩不盡。」

「醫生回家都吃得下飯嗎？」

「我想沒問題。」

解語吁出長長一口氣，「子翰的手術，部份零件也就是靠這些老鼠提供了。」

老金抹一抹額角上的汗，「是，是。」

解語好奇地問：「他們在何處培養神經線？」

老金守口如瓶。

解語囁嚅問：「猴子？」

老金遞上一疊醫學雜誌，「花小姐，我去看看司機準備好沒有。」

解語不再發表意見。

杏子斡要過大半個小時才出來。

解語剛讀完一篇關於隆胸整形手術的詳盡報告。

看杏子斡的眼神，知道他心情還算不錯。

可是他對解語說：「人類的醫學何其落後。」

解語給他接上去：「可是所擁有的核武足以把地球毀滅十次。」

「而且還要繼續試驗。」

他們二人相視而笑。

「老金呢？」

「他出去呼吸新鮮空氣。」

「真難為他了，每次來，他都吃苦。」

老金進來了，把輪椅推出去。

專用車子伸出升降斜坡，輪椅推上車廂。

杏子翰忽然問：「解語，如果決定做手術的話，你會在我身邊？」

「自然。」解語不加思索。

「遺囑我早已準備妥當。」

解語十分泰然，「是。」

「我體內可用之器官，將捐贈有需要之人。」

解語亦答，「是。」

杏子翰微笑，「解語，你可知道我今年幾歲？」

解語清晰回答：「三十二。」

杏子翰頷首，「你很關心我。」

解語微笑，當然要熟讀劇本，否則如何演好一個角色。

「手術將在下個月進行。」

老金聽了，雖不出聲，渾身一震。

「一般人會以為我應無所戀，大可孤注一擲，可是，我對生命仍然熱忱，單是每日世界政局變化，生意上落，已令我興奮好奇。」

解語把頭靠在他的肩膀上。

「何況，現在我又剛訂了婚。」

解語不出聲。

「你猜，奇蹟會否出現？」

解語輕輕答：「一班科學家研究了這麼久，大約不會叫你失望。」

他歎息一聲，「你有什麼話，趁這段日子好對我說了。」

解語想一想，「假使手術後你的情況有所改變，你願意見一見母親嗎？」

杏子幹一愣，一時像是不明白解語指的是什麼人。

解語懇切地看着他。

他終於聽懂了，冷冷說：「我並無母親。」

解語知道一時急不來，不再游說。

過片刻，杏子斡問：「你見過她？」

輪到解語為難他：「誰？」

「她。」

「誰是她？」

「我母親。」

「我以為你沒有母親。」

杏子斡啼笑皆非。

世上只有花解語一人敢這樣對他說話，他日常接觸的人太過同情他，都不想傷害他，或是有求於他，不欲得罪他。

他自覺幸運，至少解語是他的朋友，勇於搶白他，他沒看錯人，若果他要的是婢妾，不必等到今日。

他不發一言，心裏卻是感動的。

他不出聲，解語也不回答。

車子到達住宅門口。

杏子幹又問：「你見過她？」

「是。」

「你怎麼找得到她？」

「是她找到我。」

「她說什麼？」

「大部份時間流淚。」

杏子幹不出聲，過一會兒他問：「換了是你，你會怎麼做？」

「你知道我脾氣。」

「我憎恨她。」

「是，我們總得把過錯推在某一個人身上。」

杏子幹說：「我知道開槍的人不是她。」

「是她，是她，一切因她而起，後來你父親又鬱鬱而終，一個家就這樣解散。」

杏子斡沉默良久。

他問：「這是激將法？」

「不，我只是講出事實。」

杏子斡苦笑，「現在你也是這個受詛咒的家的一分子了。」

解語不再說話。

杏子斡卻道：「做一個健康的普通人最快樂：開車、打球、游泳、與女伴跳舞、擁吻，抱起自己的孩子，讓他騎在肩膀上……」聲音漸漸低下去。

護理人員過來禮貌地與解語打招呼。

由他們接管杏子斡的時間又到了。

解語出門去，原本只想曬曬太陽，不知不覺越走越遠。

轉過頭，看見華夏藏在樹蔭中，只看到一角棕紅色的瓦頂。

要是她願意，她可以一直走到飛機場去，永不回頭。

最難的是這一點，她是自由的。

一切靠自律，不像小學生，交不出功課得站在課室中央，用羞恥來激發他的責任感。

解語緩緩開步。

一輛紅色開篷跑車自她身邊擦過，又緩緩倒車，停在她身邊。

車裏是一個華裔年輕人，「小姐，去哪裏？」長得面貌端正，又笑容親切。

解語想答：去凱利曼渣羅山。

「你是生面人，新搬來？」

他是一個健康的普通人，可以與女伴跳舞、擁吻，要是喜歡，亦可結婚、生子。

世上最幸福的便是這種人。

解語凝視他。

「我載你一程可好？」他誤會了那專注的目光。

解語搖搖頭。

「你住哪間屋子？」

解語朝大廈看一看。

「呵，那大屋長年沒有人，你隨家人來度假？」

解語頷首。

「你姓杏？」

解語點點頭。

「我叫陶元平，是你們鄰居，住三三八。」

他姓桃，解語微笑，華人的姓氏意境佳妙！杏、桃、花、香。

「來，上車來。」

解語搖頭。

「對，太危險了，」陶元平說：「我們改天見。」

他依依不捨開走車子。

解語一個人站在山坳。

沒多久，杏宅的司機開着車來巡。

看到解語，輕輕停下，「杏小姐，風大。」

解語掛住杏子斡，她也正準備回家。

老金在大門口等她，看到她鬆口氣，前來開車門。

老金擅於用懷柔政策。

「醫生說杏先生今日情緒不穩，幫他注射，已經睡了。」

解語輕輕說：「我看過一項報告，過量吸食古柯鹼會昏迷的原因是毒品使人體誤會已吸收足夠氧氣，故暫停呼吸，因而引起腦部缺氧死亡。」

「杏小姐好學。」

解語吐出一口氣。

「杏小姐請早點休息。」

杏宅地段大，連鄰居的雞犬聲也聽不見。

深夜，解語走到書房找書看，推開門，開亮燈，她呆住了，整一千平方呎大的空間簡直像小型圖書館，四面牆壁全是一格格書。

解語被這陣仗嚇壞了，連忙熄燈退出。

她回房去看電視。

終於在曙光中睡着。

接着一段日子，杏子斡天天往醫院開會。

解語自然日日隨同。

天氣漸漸轉涼，解語加一件乳白色毛衣及深藍大衣。

杏子斡說：「你需要新衣的話——」

「你覺得我需要新衣？」

「不。」

「那我就不需要新衣。」

「陪我到公園去曬太陽。」

「好。」

出門時，看到玄關的茶几上放着一大籃白花。

杏子斡訝異，「這是誰送來的？我們家一向不用剪花。」

老金說：「大約送錯了。」

「卡片上可有寫名字？」

「說送給杏小姐。」

「這裏何來杏小姐。」
解語已經知道是誰，可是不出聲。
到了公園，她把他推到海邊一個小沙灘，桃樹蔭下——坐好。
不遠處剛好有座兒童遊樂場，成群三五七歲的孩子在嬉戲玩耍。
杏子斡說：「有這無憂無慮的廿年打底，到底好些，以後無論遇到什麼，也可以挺過去。」
解語失笑，她連這十年也沒有。
孩子們歡樂地呵呵呵邊追逐邊清脆爽朗的笑。
杏子斡說：「我懷疑這是上帝唯一可以聽見的聲音。」
解語坐草地，眼睛看向遠處。
杏子斡何等機伶，他立刻察覺了，沉聲問：「那邊是誰？」
解語答：「公園是個公眾地方。」
「是她嗎？」
解語歎息，「我眼力不是那麼好。」

「是你叫她來？」

「我不會做那樣吃力不討好的事。」

「那麼，是她一直跟蹤我。」

遠處一個穿黑衣的婦女漸漸走近。

杏子斡盯着她。

她站定了。

解語試探地問：「可要我請她過來？」

杏子斡肯定地說：「我們立刻走。」

解語即時推走輪椅。

解語把輪椅推往海堤。

她吸進一口海風，「清靜了。」

他又躊躇。

「要不要回去？」

「不，我只想曬曬太陽。」

老金匆匆尋來。

杏子斡厲聲道：「一日到夜如影附形，這裏不需要你，你沒有更好的事可做？」

老金立刻唯唯諾諾退下。

解語看着他，「伙計是來幹活的，伙計不是來捱罵的。」

他十分賭氣，「你也可以走。」

「我不是工人，我活該捱罵。」

杏子斡不再言語。

「像你這樣辦大事的人，也有使意氣的時候，可見人總是人。」

他們回到原地，那黑衣婦人已經不在。

也許，她只是一個陌生人，公園裏其中一名遊客，是解語多心，而杏子斡跟着多疑。

太陽曬到頭頂，老金再一次過來。

杏子斡上了車，解語說：「大手術在即，他心情緊張。」

老金笑，「杏小姐放心，吉人天相。」

解語也笑。

手術前一夜，解語很平和地與杏子斡閒話。

「你到過的幾間屋子，喜歡哪一幢？」

「都太大了。」

杏子斡說：「你一向不貪心。」

「地皮面積寬敞是十分舒適的一件事，屋子最好維持在兩千餘平方呎左右已經足夠。」

杏子斡沉吟，「對，屋後蓋個大點的員工宿舍。」

解語取笑說：「對，宿舍比主屋還大。」

她輕輕退出。

「你去何處？」

「我去睡房呀。」

「解語，你今夜可否在這裏打個地鋪睡。」

解語一怔，立刻回答：「當然。」

「我喚人來準備。」

「不用，我自己做。」

解語取出睡袋，放在他床側。

她熄掉燈。

「你可怕黑？」

「從來不怕。」

他沉默了。

正當解語以為他已經睡着，他卻說：「解語，請握住我的手。」

無論他有感覺與否，解語都樂意滿足他，她握住他的手，放在臉頰邊。

杏子斡睡着了。

解語一直沒有放開他的手。

她耳畔全是儀器輕輕的囈語，像催眠一樣，解語漸漸入夢。

朦朧中夜更護理人員推門進來，那人看見解語，立刻把腳步放得更輕。

熟睡中的她容顏猶如一十一、二歲小孩般，好像有人歎了一口氣，也許是那名看護，也許只是機器發出的聲響。

天亮了。

由杏子幹叫醒她：「解語，解語。」

解語老大不願意睜開雙眼。

「解語，又是新的一天，該起來了。」

解語這才想起，她在什麼地方，這是什麼日子，還有，今天需做些什麼。

哎呀一聲，一骨碌起來，看到杏子幹已坐在輪椅上，看護正在替他刮鬍髭。

「睡過頭了。」

杏子幹笑，「剛剛好。」

「我去更衣。」

「不用趕。」

解語看着窗外，看到一線金光自雲中透出。

她匆匆沐浴更衣，換上一套最舒服的衣褲。

女傭輕輕同她說：「祝幸運。」
解語微笑，「謝謝你。」
老金在門外等。
她有點無奈，「就是今天了。」
「可不是。」
「一切會順利的。」
「我也這麼想。」
出門之際，解語一眼看到馬路對面站着個黑衣人。
她一愣，是母親來看孩子嗎？
那人向她招手，解語才看清楚原來是陶元平。
杏子幹已經上了車，解語向芳鄰點頭，「早。」
他笑笑說：「我牽狗出來散步。」
解語已沒有時間，上車去，老金關好門。
一列車子向前駛去。

那年輕的鄰居詫異，每次出門，那障殘者都似帶着一隊兵似。

在車中，杏子斡閉目養神。

連老金在內，大家都顯得十分冷靜。

解語問：「手術需時多久？」

「約十二小時。」

「手術醫生所需要的，原來是一雙強壯的腿。」

「是，不能坐下，必須一直站着。」

解語笑了。

杏子斡忽然說：「解語，這次出來，我們要即刻結婚。」

「當然。」

他似乎安心了。

老金這時插嘴，「可要請客？」

「不必，」杏子斡說：「我一向不喜這一套，這種脾氣遺傳自家父，至於母親，她愛熱鬧，所以他們二人有極大衝突矛盾。」

這是解語第一次聽他說到家人。

老金笑：「未知花小姐看法如何。」

解語連忙答：「我無所謂。」

杏子斡溫和地說：「解語是我所認識最隨遇而安的人。」

解語笑：「把我說得搓圓揼扁一點性格也無，不，我也很有取捨，姐姐說我外圓內方，其實十分倔強。」

杏子斡頷首，「是，這我也知道。」

解語輕聲說：「細節有什麼好計較，只要一家人能夠在一起，房子大小，婚禮是否鋪張……又有什麼關係。」

大家都沉默了。

過一刻老金說：「我足足要到四十歲才明白這個道理。」

解語說：「所以，窮人的子女早當家。」

老金馬上說：「花小姐真謙虛。」

杏子斡說：「還叫花小姐？」

老金十分恭敬，「是，太太。」

這個管家算是沒話説。

他抬起頭來，「到了。」

醫生與看護笑着迎出來，若無其事，杏子幹也冷靜平和，與他們説笑。

解語的胃液已開始攪動，但是她也很沉着。

手術前杏子幹簽了文件。

解語俯首親吻他。

就在這個時候，他們聽見有人在身後叫：「子幹。」

大家轉過頭去，看到一個黑衣婦人。

老金連忙用一半身軀擋住杏子幹。

解語即時反應，她走到她身邊，「朱女士，你怎麼來了。」

朱女士並無進逼，只是看着兒子，「子幹，你好。」

不料杏子幹也十分平靜，「母親，你好。」

朱女士得到鼓勵，很是高興，「手術後可望何種進展？」

「只希望兩條手臂可恢復活動。」

「一定可以。」

「多謝祝福。」

解語連忙說：「我陪你出去喝咖啡。」

朱女士十分識趣，「不，你陪着子斡。」她轉身離去。

大家鬆一口氣。

解語輕輕說：「看，不是太難。」

「是你叫她來？」

解語辯曰：「沒有這種事，別什麼都賴我。」

杏子斡笑。

一直到麻醉劑生效，他都帶着笑容。

會客室內，老金斟出飲料。

解語揮揮手，「食不下咽。」

老金說：「太太，需要什麼，我替你去辦。」

解語低頭不語。

研究所長看到她，「杏夫人，你在這裏。」

解語連忙回應。

「你可在熒幕上看到手術實況。」

解語很禮貌地回答：「我在這裏等就很好。」

所長也很客氣，「當然。」

他走開了。

老金說：「太太其實可回家去。」

說得也是。

「近一點，也許他可以感覺到我們的能量。」

身後有一個人說：「所以多一人好過只得一人。」

解語驚喜，「婁律師。」

可不就是婁思敏。

「你怎麼有空？」

婁思敏回答：「你講對了，是杏先生叫我來陪你，來往頭等飛機，按時付酬，住宿大酒店。」

解語怔住。

「你看他多體貼，什麼都想到了。」

解語感慨地笑。

從來沒有人對她那麼好，也許，也從來沒有人為女伴設想得如此周到。

可是，此刻，她只希望他可以有知覺地離開手術室。

婁思敏說：「對你來說，這十多小時一定難堪。」

解語指着牆上，「你可看見那隻大鐘？那支分針動也不動，真是可怕，時間大神往往趁火打劫，擺弄我們。」

婁思敏笑，「少發牢騷，我陪你到園子走走。」

「他們可能叫我。」

「我有手提電話。」

醫院的紀念花園叫杏園。

一聽就知道由杏子斡捐出。

「將來，」婁思敏笑說：「就名副其實叫杏花園。」

「告訴我，你可知道，受傷之前，他是一個怎麼樣的人？」

婁思敏回憶，「在社交圈子裏也相當有名，活潑，不羈，異性朋友非常之多。」

解語微笑，「這麼說來，他曾經有過好時光。」

婁思敏溫和地說：「解語，即使是今日，他生活質素也不如你想像中差，他有事業財富、有朋友，還有你這樣愛他。」

解語怔怔地，「你認為我愛他？」

「每個人都看得出來。」

「他知道嗎？」

「我們這些人加起來乘一百也還不及他一半聰敏，你說呢？」

解語又微笑。

「我去看過不語。」

「情況如何？」

「腹部隆然。」

「是男嬰？」

「被你猜到了，她得知消息後大哭一場，傷心到極點，她想要一個女孩。」

解語笑，「到六七歲已可陪她逛時裝店，也難怪，我從來不是那樣的女兒。」

「所以下意識她希望得到補償。」

「男孩子也有好處，將來可以幫女長輩擔擔抬抬。」

「解語，你可喜歡孩子？」

解語答：「誰不喜歡，那種極小的，裹在毛巾被裏的，以及比較大，鬼靈精般能說會道的，不過我也喜歡女孩子。」

妻思敏忽然說：「假使你要孩子，也不是沒有可能的事。」

解語笑，「我也不致於天真到不知道世上有試管嬰兒這件事。」

「將來，你可以考慮。」

「我情願單純地守着子幹。」

婁思敏卻一逕說：「假使你有孩子的話，花不語就晉升為外婆了。」

解語知道婁律師扯得那麼遠是為着幫她打發時間。

她笑，「不語是外婆？她還需學習做母親呢。」

「別嚇壞她。」

兩個人大笑。

半晌解語問：「男方對她好嗎？」

「見她如此陣仗，哪裏敢動彈，自然心滿意足。」

解語頷首，「是，窮家女落了單，男方勢必為所欲為。」

婁思敏說：「還有男家的諸般牛鬼蛇神，伺機蠢蠢欲動，娘家有力，恩威並施，才鎮壓得住。」

所以，花不語此刻之處境可叫人放心。

婁思敏替解語整理一下翻領，「你仍穿着我第一次見你的衣裳。」

「那前後不過是一年多光景。」

「像是有十年八載了，又有時，十多年前的事，卻似前兩天才發生。」

解語莞爾，這是中年人常有的感慨。

到了老年，更要口口聲聲說人生如夢。

「解語，我真佩服你可以如此鎮定。」

「你沒看見我一直在擦鼻尖上的汗？」

婁思敏問：「有什麼打算？」

「他出院後我會去看外婆。」

「她生活得很清靜舒適。」

解語問：「老年是怎麼樣的一回事？」

婁思敏答：「再過幾年，我當現身說法。」

她們回到會客室。

婁思敏第一次失職了，甫乘完長途飛機的她有點累，不禁打起瞌睡來。

老金取來一方小小毯子，由解語替她蓋好。

老金笑道：「難敵睡魔糾纏。」

他又張羅三文治給解語，「這是羊肉火腿，這是青瓜。」

解語各咬了一口，麵包上呈一個半月形。
「太太，不如你也休息一會兒，旅行車就停在樓下，車上有臥鋪。」
解語搖搖頭，「我不累。」
「那麼，我陪太太下棋。」
「我只會獸棋。」
老金說：「哎呀呀，我偏沒帶那個來。」
解語問：「還有什麼娛樂？」
「這本小說相當精彩。」
她答：「我不大看英文小說。」
因為焦慮，忽然變得極難侍候。
解語閉目養神。
從來沒有這樣難過的十多小時。
終於，婁思敏睡醒了，一看天色已近黃昏，不禁自己掌嘴，「扣薪水，罰錢！」

解語笑出來。

這時，有醫生出來，「杏夫人。」

解語立刻站起來。

「手術過程比預期順利——」

解語全神貫注聆聽。

「但是，情況卻有點複雜，有一項程序未能完成，唯恐他體力不支，故只得放棄。」

「慢着，」解語問：「你意思是什麼？」

「可能毫無進展。」

解語卻鬆一口氣。

「醫生正在縫合。」

解語無言。

醫生溫言安慰：「夫人可是有點失望。」

解語答：「不，能維持舊狀就已經很好。」

「我們已經盡力。」

「我明白。」

解語若無其事地坐下來。

婁思敏只覺惻然。

老金俯首不語。

解語說：「老金，給我們做兩杯熱可可來。」

婁思敏把一隻手搭在她肩膀上。

解語低聲說：「人就是這樣蒼老的。」

杏子斡甦醒良久都沒有叫解語進去見面。

解語一直在外邊等。

到了深夜，老金歉意地出來說：「太太，請你回去休息。」

解語啐地一聲，站起來，自顧自穿上消毒袍，戴上口罩，一手推開病房門，大步踏進去。

也難怪杏子斡不想見她。

他全身搭着管子，面孔像蠟一般，毫無生氣，看見解語，喉嚨裏發出一陣咕嚕之聲。

解語責問：「叫我回去？我面子擱何處，以後怎麼對伙計說話？」

正努力演出，忽然之間失去意志力，坐倒在地，伏在杏子斡身上飲泣。

只聽得他輕輕說：「神經線已全部萎縮，根本不能接駁，只得勉強整理縫合……」

他也流下淚來。

「解語，我想你回去。」

「我一早再來。」

「不，你回家去。」

「家，什麼家，我沒有家，我的家是杏宅。」

「聽着，我不想害你——」

「我一早知道這種廢話免不了，你本以為手術後三天就可以鮮靈活跳打馬球去，結果不行，就說喪氣話來踐踏我，可是這樣？」

杏子幹不語。

「我明朝再來。」

她掙扎着要站起來，可是雙腿累極放軟，又一跤坐倒，是太累太緊張太失望了。

杏子斡倒是急起來，「解語，你無礙？」

解語吸口氣，一骨碌爬起來。

她答：「我沒事。」

「出院後我想回喬治島去。」

解語溫柔地答：「一切聽你的。」

醫生進來，輕輕吩咐幾句，解語知道是離去的時候了。

她與婁思敏話別，與老金回家去。

途中一句話也無，開門進屋，立刻回房洗臉，熱毛巾敷在面孔上不願除下，彷彿蒸氣可以幫助撫平傷痕，然後，她倒在床上睡熟。

解語不是一個做夢的人，白天與夜晚，她都實實在在地做人。

第二天清早，她親自出門取報紙。

看到鄰居牽着狗走過。

「你好。」

陶君亦說：「杏小姐，你好。」

解語溫和地說：「我想更正一點。」

「是什麼？」

「我不是杏小姐，我是杏太太。」

那年輕人愣住了。

漸漸，臉上泛起一種慘痛的表情，呵，他的愛情好比水仙花，尚未開花，已經凋謝。

早上看見她，午間再來探訪，卻已經聽到這個驚人消息。

他囁囁說：「可是，你不像。」

解語輕輕說：「我們家流行早婚。」

陶元平十分有禮，他退後一步，他那兩隻西班牙獵犬馬上圍上來。

可是他沒有立刻離去，他站在對面馬路，一動不動。

解語取了報紙回屋，還聽見犬吠。

之後，再回頭，他已經不在了。

相信，以後，他牽狗散步，會走另外一條路。

園丁正埋頭種花。

「是什麼花？」

「太太，是水仙。」

「那不好，太不耐久了，有無經開一點的花？」

園藝工人搔着頭一直笑。

解語這才醒悟，世上並無經開耐久的花卉，她失笑。

「水仙吧，水仙就很好。」

老金出來，「太太，杏先生叫我們去醫院。」

「呵，他醒了，我們立刻出發。」

他的心情比昨天好得多。

病房中有一戴猴子面具的小女孩讀新聞給他聽。

解語關懷地問：「你有什麼不妥？」

看護回答說：「她隨家人到郊野公園露營，被一隻熊咬脱五官，醫生正盡力搶救修補。」

解語驚駭，「可覺得痛？」

女孩答：「那時不痛，現在痛得哭。」

解語無奈。

女孩放下報紙，「我下午再來。」

看護説：「杏氏研究所人工養殖皮膚一流，多間醫院都來借用，放心，她的臉沒問題。」

「為何戴着面具？」

「啊今日是萬聖節。」

看護走出去之後，杏子斡輕輕説：「對不起催你來。」

「我正準備到你處。」

杏子幹說：「我怕你真的回了家。」
「我像是那種趕得走的人？」
「我不知道。」
「再試一下。」
「不敢，怕你把握這次機會，一去不回頭。」
解語握住他的手，「我會咬住你不放。」
她張口便咬。
杏子幹說：「喲，痛。」
兩個人都怔住了。
隔了很久，解語才轉過頭去，輕輕問：「你說什麼？」
杏子幹的聲音更低，「我說痛。」
「你不是開玩笑？」
「不，我真覺痛。」
解語淚盈於睫，立刻按鈴喚看護。

看護匆匆進來，「什麼事？」
解語對她說：「病人說覺得痛。」
看護張大了嘴，喜不自禁，「我馬上去叫醫生。」
這一段時間內，解語一直沒有放開病人的手。
老金接着進來，興奮地問：「可是有知覺了？」聲音沙啞。
解語把手交給老金，一個人走到走廊，蹲下，眼淚汩汩流下。
剛才那猴子臉走過來，「你為什麼哭？」
解語擦乾眼淚，「我歡喜過度。」
小女孩不明白，「高興也哭嗎？」
「你長大了自然會明白。」
「聽你們說，成人世界好似相當可怕。」
醫生急急跑進病房去，沒看見蹲在一角的解語。
解語問那孩子：「你叫什麼名字？」
「金剛。」

「你真名字。」

「金剛，我今年九歲。」

「好，金剛，來，用你雙臂圍住我。」

「你看上去很需要有人擁抱你。」

「說得再真確沒有，金剛。」

她倆緊緊擁抱。

然後，解語聽得有人問：「杏夫人在什麼地方？」

解語舉起一隻手。

他們看見了。

老金說：「太太，請你進來聽好消息。」

解語應了一聲。